Theodor Fontane

Wundersame Frauen

Theodor Fontane

Wundersame Frauen

Weibliche Lebensbilder
aus den «Wanderungen durch die
Mark Brandenburg»

Mit einem Nachwort und
Erläuterungen herausgegeben von
Gabriele Radecke und Robert Rauh

MANESSE
75 JAHRE

Unseren Müttern

Nur «tüchtige Kerle»? – ein Vorwort

Theodor Fontanes *Wanderungen durch die Mark Brandenburg* werden von Männern dominiert. Während in seinen Romanen Frauenfiguren im Mittelpunkt stehen, überwiegen in dem vierbändigen Monumentalwerk Männerthemen und Männerbiografien. So wollte er seinen Landsleuten zeigen, «daß es in Mark Brandenburg auch historische Städte, alte Schlösser, schöne Seeen, landschaftliche Eigenthümlichkeiten und Schritt für Schritt tüchtige Kerle gäbe» [F-HERTZ, S. 60].

Diese Intention spiegelt sich schon in der Beschreibung des ersten *Wanderungen*-Ortes Wustrau wider. Dessen historische Kirche, das alte Schloss, den Ruppiner See und den tüchtigen Husarengeneral Zieten mischte Fontane zu einem erzählerischen Potpourri, mit dem er sich vor allem an das männliche Lesepublikum wandte. Der Wanderer ignorierte, dass sich in Wustrau, das heute mit dem Label «Zieten-Dorf» wirbt, auch eine Frau als Wohltäterin verdient gemacht hat. Constance Gräfin von Zieten-Schwerin (1838–1914), die in Wustrau einen Kindergarten gründete und ein Gemeindehaus errichtete, wird mit keinem Wort erwähnt.

Wie sehr die Männer in den *Wanderungen* das Feld beherrschen, zeigt exemplarisch das «Neuruppin»-Kapitel, das Lebensbilder von Andreas Fromm, Kronprinz Friedrich, General Günther, Karl Friedrich Schinkel, Michel Protzen, Gustav Kühn, Johannes Christian und Wilhelm Gentz enthält. Nicht ein einziges Unterkapitel ist einer Frau gewidmet.

Allerdings gilt diese Dominanz nicht für die *Wanderungen* insgesamt. Wie und weshalb Fontane dort auch Frauen porträtiert, das gilt es im Folgenden zu entdecken: Der vorliegende Auswahlband der *Wanderungen durch die Mark Brandenburg* versammelt erstmals diejenigen Kapitel, in denen weibliche Lebensbilder im Mittelpunkt stehen. Er hebt sich damit deutlich von allen bisherigen *Wanderungen*-Lesebüchern ab.

Die elf prominenten Frauen, die zwischen 1707 und 1873 gelebt haben und deren Lebensweg Fontane nachzeichnet, repräsentieren unterschiedliche weibliche Lebensentwürfe: den der Schauspielerin (Rachel Félix), der Lokalgröße (Elisabeth Friedrich), der Agrarpionierin (Helene Charlotte von Friedland), der Geliebten des Kronprinzen (Sabine Cusig, Louise Eleonore von Wreech), der Mätresse des Königs (Julie von Voß), der Königin (Luise von Preußen) und der Gutsherrin (Karoline de la Roche-Aymon, Emilie von Schlabrendorf, Johanna von Scharnhorst) sowie der Netzwerkerin (Mathilde von Rohr).

Die Textauswahl basiert auf der «Wohlfeilen Ausgabe» der *Wanderungen*, die 1892 im Verlag von Wilhelm Hertz erschien und in der die letzten Auflagen der Einzelbände unter Fontanes Beteiligung erstmals zu einer Gesamtausgabe zusammengestellt wurden. Ausnahmen bilden der Aufsatz über Mathilde von Rohr sowie ein Text aus dem Kapitel über die «schöne Sabine». So stammt der Abschnitt «Binenwalde» aus dem Kapitel «Dörfer und Flecken im Lande Ruppin», das Fontane nur in der zweiten Auflage des ersten *Wanderungen*-Bandes, *Die Grafschaft Ruppin* von 1865, publizierte. Und der Essay «Mathilde von Rohr» basiert auf dem einzigen zeitgenössischen Druck in der Zeitschrift *Daheim* von 1892. Da Fontane den Aufsatz ursprünglich in seine «Wohlfeile Ausgabe» integrieren wollte, wurde er hier mit aufgenommen.

Eine Einführung zu jedem Kapitel ordnet das Porträt in den jeweiligen *Wanderungen*-Band ein, informiert über die Entstehungsgeschichte und liefert zusätzliche biografische Angaben. Darüber hinaus werden Fontanes Notizbuchaufzeichnungen berücksichtigt. Denn sie sind an vielen Stellen detailreicher als die gedruckten *Wanderungen*. Sie bezeugen auch, dass Fontane neben Mathilde von Rohr und der Schauspielerin Rachel Félix einer weiteren Protagonistin persönlich begegnet ist: Elisabeth Friedrich, der regional bekannten Frau des Maschinenmeisters auf der Pfaueninsel.

Mit diesem Auswahlband laden wir ein, Fontanes *Wanderungen* neu zu lesen.

Die Hrsg. Gabriele Radecke und Robert Rauh

Anmerkungen der Herausgeber zu den folgenden Texten finden sich ab Seite 159, Originalanmerkungen Fontanes wurden als Fußnoten gesetzt.

1

Die Schauspielerin: Élisa Rachel Félix

Ihr Auftritt war *das* Ereignis des preußischen Theatersommers 1852. Und legendär wurde er auch dank Fontane, der nicht nur das Spiel der weltberühmten Schauspielerin Élisa Rachel Félix (1821–1858), sondern dessen nähere Umstände in den *Wanderungen* festhielt.

Weil die französische Schauspielerin auf der Pfaueninsel deklamierte und die Insel in der Havel liegt, schilderte Fontane das Spektakel im Kapitel über «Die Pfaueninsel» im dritten

Wanderungen-Band *Havelland* (1873). Es enthält einen historischen Abriss der Insel, die schon zu Fontanes Zeiten ein beliebtes Ausflugsziel war und heute zum Weltkulturerbe gehört.

Rachel debütierte 1838 im Théâtre Français und wurde über Nacht zum Pariser Bühnenstar. Als festes Ensemblemitglied feierte sie 1842 mit ihrer Interpretation von Racines *Phädra* den größten Triumph ihrer Karriere. Bekannte Schriftsteller überschlugen sich mit Lobeshymnen. Alfred de Musset pries sie als «Genie», Stendhal meinte, Rachel habe die Tragödie geradezu «erfunden», und für Gottfried Keller war sie «*der* größte Künstler, den ich kenne».

Begeistert war auch Fontane, der sie auf ihrer Europatournee 1850 in Berlin erlebte. «Mein Urtheil ist wie Deins», schrieb er am 20. Juli 1852 seiner Frau Emilie, die Rachel Félix kurz zuvor bei ihrem zweiten Gastspiel in der preußischen Hauptstadt gesehen hatte, «nur heb' ich das Bewundernswerthe dieser Erscheinung mehr hervor. Gleich der erste Moment ihres Auftretens, eh sie noch ein Wort gesprochen hat, ist 6 deutsche Theaterabende werth. Das nenn' ich ein lebendes Bild! Im Uebrigen leidet sie alle 5 Akte durch an der Nymphomanie (Mannstollheit) was allerdings mehr in die Charitée als auf die Bühne gehört. Eine Verirrung! aber so großartig, daß man zu keiner direkten Verdammung kommen kann.» [F-EMILIE, BD. 1, S. 100]

In den *Wanderungen* thematisiert Fontane eine zusätzliche Veranstaltung für die Hofgesellschaft. Weil im Sommer 1852 das russische Kaiserpaar zu Gast war, beauftragte der preußische König seinen Vorleser, Hofrat Louis Schneider, am 13. Juli eine Vorstellung mit der Rachel auf der Pfaueninsel zu organisieren. Anlass war der Geburtstag der Zarin Alexandra Feodorowna, der Schwester des preußischen Königs. Für eine Schauspielerin ersten Ranges war es damals eigentlich unannehmbar, im Freien aufzutreten. Warum es am Ende dennoch zu keinem diplomatischen Eklat kam, wird von Fontane anschaulich beschrieben.

Fontanes Schilderung, die er zunächst 1872 als Aufsatz in der *Vossischen Zeitung* und ein Jahr später fast unverändert im «Pfaueninsel»-Kapitel veröffentlichte, basierte auf einem Referat Schneiders. Der Hofrat hielt seinen Vortrag am 29. Juni 1870 vor der 90. Wanderversammlung des Vereins für die Geschichte Potsdams, und zwar an dem Ort, an dem achtzehn Jahre zuvor Rachels Soloauftritt über die Bühne gegangen war: auf der Pfaueninsel. Fontane, der mit Schneider befreundet und unter den Zuhörern war, schrieb dessen Ausführungen in seinem Notizbuch mit [F-NB, C3; VGL. RADECKE 2008, S. 219] und skizzierte die von ihm beschriebene provisorische Spielstätte auf dem Rasen: in der Mitte die Schauspielerin, von einem «engen Kreis von Generalen, Diplomaten, Ministern, Hofherren» [F-NB, C3; SCHNEIDER, S. 385] umschlossen. Da Schneider seinen Vortrag in freier Rede hielt und erst 1879 veröffentlichte, konnte Fontane für seinen Aufsatz nur auf seine Mitschrift zurückgreifen. So ist vielleicht zu erklären, dass er sich im Tag der Vorstellung irrte: Rachel trat nicht am «15. Juli 1852» auf, wie Fontane in der Überschrift sowohl im Notizbuch [F-NB, C3] als auch im Druck angibt, sondern zwei Tage früher. Allerdings hatte er in seinem ersten Notizbucheintrag (1861) das korrekte Datum vermerkt. [F-NB, A3]

Zur Erinnerung an den legendären Auftritt wurde eine von Bernhard Afinger geschaffene Statuette vor der Schlossruine aufgestellt. Ihre Inschrift enthält das korrekte Datum – und steht noch immer auf der Pfaueninsel.

Die Hrsg.

Die Pfaueninsel 15. Juli 1852

Und Stille, wie des Todes Schweigen
Liegt überm ganzen Hause schwer

Die Kraniche des Ibykus[1]

Mit 1840 schied die Pfaueninsel aus der Reihe der herrschenden Lieblingsplätze aus; Friedrich Wilhelm IV. griff auf die Friderizianische Zeit zurück und Sanssouci samt seinen Dependenzien belebte sich wieder. Das Rokokoschloss, das der Lichtenau ihre Entstehung verdankte, verfiel nicht, aber es kam außer Mode, und wie man die Jahrzehnte vorher gewallfahrtet war, um den Rosengarten der Pfaueninsel zu sehn, so führte jetzt die Eisenbahn viele Tausende hinüber, um, zu Füßen von Sanssouci, die Rosenblüte in Charlottenhof zu bewundern. Die Pfaueninsel kam außer Mode, so sagt' ich, aber wenn sie auch nicht Sommerresidenz mehr war, so zählte sie doch noch immer zu jenen bevorzugten Havelplätzen, wo Friedrich Wilhelm IV. an Sommerabenden zu landen und in Stille, bei untergehender Sonne, seinen Tee zu nehmen liebte. Ein solcher Sommerabend war auch der 15. Juli 1852. Wir berichten näher über ihn.

Kaiser Nikolaus war am preußischen Hofe zu Besuch eingetroffen. Ein oder zwei Tage später erschien Demoiselle Rachel in Berlin, um daselbst ihr schon 1850 begonnenes Gastspiel zu wiederholen. Friedrich Wilhelm IV., mit seinem kaiserlichen Gaste in Potsdam verweilend, gab, als er von dem Eintreffen der berühmten Tragödin hörte, dem Hofrat Schneider Auftrag, dieselbe für eine Pfaueninsel-Vorstellung zu engagieren. Über diesen allgemein gehaltenen Auftrag hinaus wurde nichts angeordnet. Die nötigen Schritte geschahen; die Rachel, die natürlich ein Auftreten im Neuen Palais oder doch mindestens im Stadttheater erwartete, sagte zu.

Am Nachmittage des festgesetzten Tages traf die Künstlerin, in Begleitung ihres Bruders Raphael, auf dem Bahnhofe zu Potsdam ein. Hofrat Schneider empfing sie.

Die Situation dieses letzteren, der, trotz aller Bemühungen, nicht imstande gewesen war, bestimmtere Ordres, eine Art Festprogramm, zu extrahieren, war inzwischen eine ziemlich peinliche geworden. Die Tragödin verlangte Auskunft über alles, während solche über nichts zu geben war. Als ihr schließlich, auf immer direkter gestellte Fragen, gesagt werden musste, dass es an all und jeder Vorbereitung fehle, dass alles in die *Macht ihrer Erscheinung und ihres Genius gegeben sei*, geriet sie in die höchste Aufregung, fast in Zorn, und drohte, mit einem mehrfach wiederholten «jamais»[2], die Unterhandlungen abzubrechen. Ihr Bruder Raphael bestärkte sie in ihrem Widerstande. «Eine Bänkelsängerin, eine Seiltänzerin, nie, nie!» Sie schickte sich an, mit dem nächsten Zuge nach Berlin zurückzufahren.

Was tun? Eine Niederlage ohnegleichen schien sich vorbereiten zu sollen. Aber die diplomatische Beredsamkeit des Unterhändlers wusste sie zu vermeiden. Er erinnerte die Tragödin zunächst daran, dass Molière in ähnlicher Situation vor dem Hofe Ludwigs XIV. gespielt und seine größten Triumphe gefeiert habe, was Eindruck zu machen schien; als aber die Zuflüsterungen des «linken Reiters» (Bruder Raphael) dennoch wieder die Oberhand erlangen zu wollen schienen, als das Wort «Bänkelsängerin» immer von neuem fiel, griff Hofrat Schneider endlich zu einem letzten Mittel. Er wusste, dass der berühmten Tragödin ungemein daran lag, in Petersburg – das ihr seit 1848, wo sie, von der Bühne herab, als «Göttin der Freiheit» die Marseillaise gesungen hatte, verschlossen war – wieder Zutritt zu gewinnen, und dieser Köder wurde jetzt nicht vergeblich an die Angel gesteckt. Der diplomatische Plénipotentiaire[3] schilderte ihr mit lebhaftesten Farben, welch einen Eindruck es auf den Kaiser machen müsse, wenn er, heute abend auf der Pfaueninsel landend, erfahren würde, «Demoiselle Rachel habe es abgelehnt zu erscheinen», wie sich ihr aber umgekehrt eine glänzende, vielleicht nie wiederkehrende Gelegenheit biete, den Kaiser zu versöhnen, hinzureißen, wenn sie ihrer Zusage getreu bleibe. Dies schlug durch. «Je jouerai.»[4]

Bedenken, die auch jetzt noch von Viertelstunde zu Viertelstunde auftauchten, waren nur wie Wetterleuchten nach dem Gewitter und wurden mit verhältnismäßiger Leichtigkeit beseitigt. Unter diesen kleinen Bedenken war das erste, das laut wurde, die Kostümfrage. Nichts war zur Hand, nichts zu beschaffen. Ihre eigene Gesellschaftsrobe half indessen über diese Verlegenheit am ehesten hinweg. Sie trug ein schwarzes Spitzenkleid. Dies wurde ohne Mühe zu einem spanischen Kostüm hergerichtet. Ein Teil der kostbaren Alençons[5], zu einem aufrecht stehenden Kopfputze arrangiert, barg eine blutrote Rose; ein schwarzer Schleier, ein irischer Kragen vollendeten die Toilette. So traf man, nach kurzem Aufenthalte in der Stadt, auf der Pfaueninsel ein.

Die Sonne war eben im Untergehen. Noch einmal ein flüchtiges Stutzen, als auf die Frage: «Où jouerai-je?»[6] stumm auf den Rasenfleck hingedeutet wurde, der von rechts her bis dicht an das Schloss herantritt; – es war indessen die Möglichkeit eines «Nein», nachdem man bereits bis hierher gediehen war, so gut wie abgeschnitten, und zwar um so mehr, als eben jetzt der Hof, in seiner Mitte der Kaiser, erschien und Kreis schließend, links auf dem Kieswege und rechts auf dem Rasenplatze Aufstellung nahm. Nach rechts hin, unter den Ministern und Generalen, stand auch die Rachel.

Es war inzwischen dunkel geworden, so dunkel, dass ihr Bruder ein in einer Glasglocke steckendes Licht ergriff und an die Seite der Schwester trat; späterhin, inmitten der Deklamation, reichte auch das nicht aus und die berühmte Tragödin nahm dem Bruder das Windlicht aus der Hand, um sich selber die Beleuchtung zu geben. Ihr Mienenspiel war ihre Größe. Sie hatte eine Stelle aus der «Athalie»[7] gewählt, jene, fünfter Akt, fünfte Szene, wo sie dem Hohenpriester das Kind abfordert:

> Ce que tu m'as promis, songe à exécuter:
> Cet enfant, ce trésor, qu'il faut qu'on me remette,
> Où sont-ils?[8]

Sie spielte groß, gewaltig; es war, als ob das Fehlen alles Apparats die Wirkung steigere. Der Genius, ungehindert durch Flitter und Dekorationen, wirkte ganz als er selbst. Dabei brachen die Schatten des Abends immer mehr herein; die Luft war lau, und aus der Ferne her klang das Plätschern der Fontänen.

Alles war hingerissen. Zumeist der König. Kaum minder

sein Gast, der Kaiser. Er trat an die Tragödin heran: «J'espère de vous voir à Petersbourg.»

«Mille remercîments; mais ... Votre Majesté ...»

«Je vous invite, *moi*.»[9]

Die kaiserliche Einladung war ausgesprochen, das Ziel erreicht, der große Preis des Abends gewonnen.

Eine Viertelstunde später, in lampiongeschmückten Gondeln, kehrte der Hof, der auf eine kurze Stunde die Pfaueninselstille belebt hatte, wieder in die jenseit der breiten Havelfläche gelegenen Schlösser zurück, nach Glienicke, nach Sanssouci, nach dem Neuen Palais. An der Stelle aber, an der an jenem Abend die Rachel gesprochen und einen ihrer größten Triumphe gefeiert hatte, erhebt sich jetzt, auf schlankem Postament, eine Statuette der Künstlerin, einfach die Inschrift tragend: «den 15. Juli 1852».

2

Die Inselwirtin: Elisabeth Friedrich

Elisabeth Friedrich (1788–1873) schaffte das, was nur wenigen Frauen in den *Wanderungen* gelang: sich von ihrem Mann zu emanzipieren. Deutlich wird diese Sonderstellung sowohl in der Kapitelüberschrift «Frau Friedrich» als auch gleich zu Beginn des Textes: «Frau Friedrich war eine Macht.»

Elisabeth Friedrich, geborene Riesleben, wurde in der Nähe von Wandsbek, heute ein Stadtteil von Hamburg, geboren und kam 1815 infolge ihrer Hochzeit mit dem aus Straßburg stammenden Joseph Friedrich (1789–1873) nach Berlin. Friedrich arbeitete als Maschinist am Berliner Königstädtischen Theater und übernahm 1820 die Stelle des Maschinenmeisters auf der Pfaueninsel. Hier «gründete Frau Friedrich ihre Pfaueninsel-Herrschaft», die fünfzig Jahre andauern sollte und ihr im Kapitel über «Die Pfaueninsel» des *Havelland*-Bandes (1873) wie Rachel Félix ein eigenes Unterkapitel bescherte. Die Basis ihrer Herrschaft wurde das Maschinenmeisterhaus, das sie in «ein Kaffeehaus von *Frau Friedrichs Gnaden*» verwandelte. Ihr war es durch einen raffinierten Trick gelungen, das königliche Schankverbot auf der Insel zu umgehen. Aus dieser eigentümlichen Machtstellung, schreibt Fontane, «entwickelte sich schließlich jener Absolutismus, der wohl gelegentlich, wie alle unumschränkte Herrschergewalt, ein wenig bedrücklich gefunden worden ist».

Fontanes ironische Zuspitzung fand nicht überall Zustimmung. Der *Wanderungen*-Autor habe, konstatierte beispielsweise Oberst D. Noël, der «Mutter Friedrichen» als Kind begegnet war, von der «resoluten» und «schlagfertigen» Inselwirtin «leider [...] ein ganz falsches Bild» [NOËL, S. 51] gezeichnet.

Auch Fontane hat Frau Friedrich erlebt. Aus seinen Notizbüchern geht hervor, dass er bei seinen Pfaueninsel-Besuchen 1861 und 1870 [VGL. F-NB, A3 BZW. F-NB, C3] in ihrem «Kaffeehaus» gewesen ist. Er erwähnt ihre stattliche Sammlung von über zweihundert Porzellantassen und -töpfen, die ihr «‹zur Erinnerung an eine froh verlebte Kaffeestunde›» [F-NB, C3] auch von Mitgliedern des Königshauses überreicht wurden. Außerdem beschreibt Fontane, wie er «Herr und Frau Friedrich beim Abendbrot» in ihrem idyllisch gelegenen «Haus am Hügelabhang», das er auch skizziert hat, angetroffen habe. [F-NB, A3] Offensichtlich wollte Fontane zunächst das Ehepaar Friedrich in den Mittelpunkt stellen, «eine Sehenswürdigkeit für sich, für manchen interessanter als die Insel selbst» [F-NB, A3]. So widmet er sich im Notizbuch ausführlicher als im gedruckten Text der Vita des «Künstlers» Joseph Friedrich, der Miniaturgebäude aus Elfenbein schnitzte, die im Schloss auf der Pfaueninsel ausgestellt wurden. [VGL. LISTE UND ZWEI SKIZZEN IN F-NB, A3]

In den *Wanderungen* wird Herr Friedrich zum «Düftelgenie» degradiert und an der Seite seiner selbstbewussten Frau zur

Nebenfigur. Die Herabsetzung wird auch am Entstehungsprozess der Überschrift deutlich: von «Bei Friedrichs» (1861) über «Frau Friedrichs Haus» (1870) in den Notizbüchern [F-NB, A3 UND C3] bis hin zu «Frau Friedrich» im Zeitschriftenabdruck (1872) und den *Wanderungen* (1873). Für die zweite Auflage des *Havelland*-Bandes (1880) aktualisierte Fontane den Text dann nicht mehr.

Elisabeth Friedrich starb 1873, im selben Jahr wie ihr Mann. Das Ehepaar wurde auf dem Kirchhof zu Nikolskoe begraben.

Die Hrsg.

Frau Friedrich

Herr Friedrich saß auf Sanssouci,
Den Krückstock, den vergaß er nie;
Frau Friedrich findet's à propos
Und sagt: «ich mach' es ebenso.»

Demoiselle Rachel ist hinüber, Frau Friedrich lebt noch. Ihre goldene Hochzeit liegt hinter ihr, sie steht vor ihrer diamantnen. Funfzig Jahre Inselherrschaft haben ihren Namen an den Namen dieses stillen Eilands gekettet. Und *welche* Herrschaft! Das absoluteste «Car tel est notre plaisir»[10], hier hat es seine Stätte.

Aber wer ist Frau Friedrich? In Potsdam kennt sie jeder; jeder hat ihr gehuldigt, jeder, wenn er auf der Insel landete, hat ihr einen allerfreundlichsten Guten Tag geboten und nach ihren Mienen gesehen, um zu wissen, ob gutes oder schlechtes Wetter sei. Das Schicksal ganzer Landpartien hing an dem Zwinkern dieser Augen; ein heitres Blinzeln bedeutete den besten Kaffee, eine einzige Krähenpfote strich einen Nachmittag aus dem Leben harmloser Mitmenschen und warf sie der Enttäuschung, unter Umständen dem Hunger, in die Arme. Frau Friedrich war eine Macht. Sie ist es noch. Aber noch einmal, wer *ist* Frau Friedrich?

Sie ist die Frau des gleichnamigen *Maschinenmeisters.* In einem früheren Abschnitt dieses Pfaueninsel-Kapitels haben wir erzählt, dass um 1822 ein *Wasserwerk* angelegt wurde, das, zunächst ein großes Reservoir speisend, mit Hülfe dieses die Aufgabe hatte, die sandigen Stellen der Insel zu bewässern und fruchtbar zu machen. Dieses Wasserwerk nun bedurfte einer Maschine und die Maschine wiederum eines Maschinenmeisters, wozu ein junger Straßburger Mechaniker, ein Düftelgenie, einer aus der großen Familie der Perpetuum-mobile-Erfinder, ausersehen wurde. Er hieß Friedrich und bekleidete bis zu seiner Ernennung zum Pfaueninsel-Maschinenmeister das Amt eines Maschinisten und Versenkungskünstlers am Königstädtischen Theater. Wie er zu diesem Amt gekommen, was ihn überhaupt an Spree und Havel gekettet und seinem «o Straßburg» ungetreu gemacht hatte, darüber sind nur noch Vermutungen gestattet, die aber schwerlich weit vom Ziele treffen, wenn sie die Lösung des Rätsels in einer quicken, von Lenzen oder Havelberg nach Berlin verzogenen Prignitzerin suchen, die schon damals die wenigstens partielle Eroberung des Elsass anstrebte. Und, wie sich von selbst versteht, *mit Erfolg.* Die märkischen Mädchen setzen durch, was sie wollen, und halten fest, was sie haben. Zumal die Fremden erliegen ihrer Zauberkunst. Los ist noch keiner gekommen. Ein neues Kapitel für die Dämonologie.

Wenn es nun je einen Elsasser gab, der einer Prignitzerin von allem Anbeginn an rettungslos verfallen war, so war es unser Freund Friedrich; in kürzester Frist waren die bindenden Worte gesprochen, die Ringe getauscht, und nachdem er noch eine kurze Zeit lang am Königstädtischen Theater gedonnert und geblitzt hatte, intervenierte plötzlich die mehrerwähnte

Dampfmaschine und hob eines Tages nicht nur sechstausend Tonnen Wasser in das Reservoir hinein, sondern auch noch unsern Theatermaschinisten samt Frau in das Maschinenmeisterhaus auf der Pfaueninsel. Da setzte sie beide nieder und da sitzen sie noch. Da sitzen sie in einem gelben Hause, am Hügelabhang, unter Pfeifenkraut und Geißblattlauben, da sitzen sie seit nahezu fünfzig Jahren, erst mit Kindern, dann mit Enkeln, zuletzt mit Urenkeln gesegnet, und wiewohl als echte Inselbewohner unbekümmert um die Vorgänge des Kontinents, haben sie doch die Potentaten des Festlandes, die großen und die kleinen, *ihrerseits* empfangen und in langer Reihe an ihrem Hause und ihrer Gartenbank vorüberziehen sehn. Gute, glückliche Leute, loyal und frei. Da liegt's. Auf einer ganz eminenten Freiheit, die sich sonderbarerweise auf dem Beschränkungsparagraphen: «Wirts- und Kaffeehäuser sind unzulässig an dieser Stelle» aufbaute, gründete Frau Friedrich ihre Pfaueninsel-Herrschaft. Alles, was hier landete, wenn es seinen Schlossgang hinter sich hatte, hatte das dem norddeutschen Menschen tief innewohnende Bedürfnis des Nachmittagskaffee, und da kein Platz da war, wo dies Bedürfnis regelrecht nach den alten Traditionen von Angebot und Nachfrage befriedigt werden konnte, so blieb den Durstigen nichts übrig, als um Dinge zu *bitten*, die nun mal nach Lage der Sache nicht befohlen werden konnten. So wurde das Maschinenmeisterhaus ein Kaffeehaus von *Frau Friedrichs Gnaden* und aus dieser eigentümlichen Machtstellung entwickelte sich schließlich jener Absolutismus, der wohl gelegentlich, wie alle unumschränkte Herrschergewalt, ein wenig bedrücklich gefunden worden ist. Um keinen Louis-Quatorze[11] ist 50 Jahre lang so andauernd geworben worden wie um diesen l'état c'est moi[12].

Die weibliche Trägerin dieses Satzes verkaufte nicht, sie spendete nur. Ein kleinster Verstoß, ein zu sicheres Auftreten, eine zu früh gezeigte Börse, eine Krawatte, deren Farbe missfiel, und – die Gnade konnte entzogen werden. Man trank hier seinen Kaffee immer mit Augen links, immer lächelnd, immer die Hand am Hut und vielleicht schmeckte er nur deshalb so vorzüglich, weil er wirklich teuer erkauft und errungen war.

Dies alles traf nun aber bloß den Namenlosen, den Unbekannten, der führerlos an diese Küste verschlagen des Vorzugs entbehren musste, der Frau Friedrich vorgestellt oder irgendwie empfohlen zu sein. Über alle diese Hazardeurs brach es gelegentlich herein. Die Kugel rollte, rot oder schwarz, und wer wollte sagen, wohin sie fiel. Aber die Billigkeit erzwingt doch gleicherzeit das Anerkenntnis, dass das Gesetz des Introduziertseins nicht mit Strenge gehandhabt wurde und dass im großen und ganzen *jeder* ein Empfohlener war, der sich – nach den Traditionen des *alten* Preußens – durch Epaulette[13] oder Orden beglaubigen konnte. Waren es nun gar Personen, die dem Königshause «verwandt oder zugetan» waren, so brach die Loyalität in hellen Flammen siegreich durch. Die Liebenswürdigkeit der Frau Friedrich wetteiferte an solchem Tage mit ihrer Kochkunst und ihr märkisch-schlagfertiger Witz tat das Weitere, um das Maschinenmeisterhaus bei den hohen Besuchern in gutem Andenken zu erhalten. Traditionell pflanzte sich alsbald die Sitte fort, diesem Andenken einen ganz bestimmten Ausdruck zu leihn: ein *Milch-* oder *Sahnentopf* wurde «zur Erinnerung an eine froh verlebte Kaffeestunde» bei Frau Friedrich abgegeben. Daraus entstand denn im Laufe eines Menschenalters ein Porzellankabinett, wie es die Welt wohl nicht zum zweiten Male gesehen hat, eine Topfkollektion, neben der die berühmtesten Pfeifensammlungen verschwinden. Das Aufstellungslokal war und ist natürlich die in ihrer Sauberkeit ein Schmuckkästchen bildende Küche, und an allen Borden und Realen hin, in Schränken und Ständern, als Garnierung von Wand und Rauchfang, hängen an Nägeln und Häkchen an 200 Töpfe und Töpfchen. *Alle ein Souvenir*. Jede Form und Farbe, jedes denkbare Material, jede Art der Verzierung ist vertreten. Endlos wechseln weiß und blau, und grün und gold; Glas, Biskuit, Chausseestaub gesellen sich dem Gros des eigentlichen Porzellans, das wiederum seinerseits zwischen China und Frankreich, zwischen Meißen und Sèvres hin- und herschwankt. Hautrelief und Basrelief, bemalt und gekratzt, so präsentieren sich die Ornamente. Zahlreich sind die *Porträts*, noch zahlreicher die *Schlösser* vertreten, und zwischen Prinzen und Prinzessinnen, zwischen Marmor- und Neuem Palais, erscheinen Vater Wrangel und Minister von der Heydt; der letztere sogar in Begleitung eines Pfauenpaares. Schon in den fünfziger Jahren war die Zahl der Bildnisse so groß, dass König Friedrich Wilhelm IV., als er in neckischem Geplauder um einen Porträtkopf gebeten wurde, replizieren konnte: «Sie haben hier meine Minister und Generale aufgehängt, nun soll mir dasselbe passieren. Ich werde mich hüten.» Aber die Ablehnung selbst involvierte bereits eine anderweite Zusage und zwei Tage später hatten zwei Souvenirs von Sanssouci die Sammlung vermehrt.

Diese Küche, wie wir nur wiederholen können, ist einzig in ihrer Art, und es verlohnt sich eine Viertelstunde lang in dieser eigentümlichsten aller barocken Porträtgalerien zu verweilen.

Aber so unterhaltlich ein Aufenthalt an dieser Stelle ist, zumal wenn Frau Friedrich sich herablässt, einiges aus der Fülle ihres Erinnerungs- und Anekdotenschatzes auszustreuen und die ganze Stätte zu beleben, der *eigentlichste* Zauber dieses glücklichen Fleckchens Erde liegt doch draußen, auf dem schmalen Gartenstreifen zwischen Haus und Fluss. Ulmen und Linden stellen sich zu natürlichen Lauben zusammen und zwischen Apfelbäumen und Blumenbeeten hin führt ein schmaler Gang zu einer weinumlaubten Wassertreppe. Hier sitzt man, während der Wind über die Levkojenbeete fährt, und genießt die Stunde des Sonnenunterganges, dessen reflektiertes Licht eben jetzt die Spitzen der gegenübergelegenen Kiefern rötet. Das Haveltreiben zieht beinah geräuschlos an uns vorüber; Dampfschiffe, unter glückverheißendem Namen: Fortuna und Viktoria, schießen auf und ab; Segelschiffe, schwer und langsam, dazwischen. Und nun Gondeln mit Musik, und drüben schweigend der Wald, aus dem die Hirsche treten.

Der Abend kommt, die Nebel steigen, die Kühle mahnt zur Rückfahrt und unser Boot schiebt sich durch das Rohr hin und in die freie Wasserfläche hinaus. Hinter uns, die verschleierte Mondsichel über den Bäumen, versinkt das Eiland. Mehr eine Feen- als eine Pfaueninsel jetzt!

3

Die Agrarpionierin: Helene Charlotte von Friedland

Keine Schwächen und keine Sünden. Nur Lob für Wesen und Wirken: «Es war eine seltene und ganz eminente Frau; ein Charakter durch und durch», schreibt Fontane über die geschiedene Charlotte Helene von Lestwitz (1754–1803). Sie ist die emanzipierteste Frau in den *Wanderungen*, in die sie, wie die Schauspielerin Rachel Félix, aufgenommen wurde, ohne dass ein «tüchtiger Kerl» [F-HERTZ, S. 60] hinter oder neben ihr stand.

Verantwortlich für das Scheitern ihrer Ehe macht Fontane ihren Gemahl Adrian Heinrich von Borcke, den preußischen

Gesandten am sächsischen Hof in Dresden. Den Grund – Borcke hatte Ehebruch begangen – nannte Fontane nicht oder er wusste nichts davon. Nach der Annullierung der Ehe wollte «die Geschiedene so wenig wie möglich an eine Ehe erinnert» werden und nahm «unter Zustimmung des Königs den Namen einer Frau von Friedland» an. Mit ihrer Tochter Henriette Charlotte, der späteren Gräfin von Itzenplitz, kehrte sie «nach Schloss Kunersdorf, in das elterliche Haus zurück». Daher ordnete Fontane den Text über «Frau von Friedland» dem «Kunersdorf»-Kapitel im *Oderland*-Band (1863) zu.

Zunächst sah es so aus, als wenn die Friedland das Leben einer verwitweten Haustochter führen würde. Sie widmete sich «ausschließlich der Erziehung der Tochter und der Ausbildung ihres eigenen Geistes». Nachdem ihr Vater, der preußische Generalmajor Hans Sigismund von Lestwitz, 1788 gestorben war, übernahm sie jedoch ohne zu zögern die Verwaltung der Güter. Und entwickelte sich zu einer Agrarpionierin, die sich über die Grenzen Brandenburgs Respekt und Anerkennung verschaffte. Die Autodidaktin wurde zu einer Vorreiterin der modernen und nachhaltigen, auf Gewinn und Verlust ausgelegten rationellen Land- und Betriebswirtschaft, sie experimentierte mit Fruchtfolgen, legte Baumschulen und ein modellhaftes Herbarium an.

Sogar Albrecht Daniel Thaer, der Begründer der Agrarwissenschaften, interessierte sich für ihre Erfolge. Fontane schreibt in dem 1862 veröffentlichten Buch *Denkmal Albrecht Thaers zu Berlin*, dass Thaer auf seinen 1799 und 1801 unternommenen Reisen in die Mark Frau von Friedland und ihre Familie kennengelernt habe. «Der Aufenthalt in Kunersdorf, dem schönen Gute der Frau von Friedland, wo diese ausgezeichnete, mit allen Details der Wirtschaftsführung vertraute Frau lebte, war ihm genuss- und lehrreich zugleich.» [F-THAER] Im Friedland-Kapitel der *Wanderungen* zitiert Fontane zwei längere Passagen aus Thaers dreibändigem Werk: *Einleitung zur Kenntnis der englischen Landwirtschaft* (1801–1804).

Welche Bedeutung Friedlands Wirken hatte, zeigt auch der Nachruf in der *National-Zeitung der Teutschen* vom 31. August 1803, die der Friedland und ihren außergewöhnlichen Leistungen die Titelseite und zwei weitere Seiten einräumte. Sie sei ein Vorbild für jeden «teutsche[n] Mann», der «in seinem Wirkungskreis sein Leben hindurch verhältnißmäßig so viel leisten [möge], wie diese Frau in dem ihrigen während weniger Jahre!».

Und was schreibt Fontane in den *Wanderungen* über sie? Er lässt eine angemessene Würdigung ihrer Erfolge vermissen. Zwar lobt er die «ganz besonderen Verdienste der Frau von Friedland», thematisiert aber nur ihre Ernteerfolge sowie ihre Baumschulen und Pflanzungen, die Erstaunen erregten. Hervorhebenswert scheint darüber hinaus «ihr Organisations- und Erziehungstalent, ihre Gabe, Leute aus dem Bauernstande zu treuen und tüchtigen Verwaltern, Förstern und Jägern heranzubilden». Ganz ohne Männer geht es dann doch nicht. Wie die Preisung eines Mannes für eine vergleichbare Leistung aussehen kann, belegt Fontane für den Gutsbesitzer Jobst Gerhard von Hertefeld auf Liebenberg. Dessen Errungenschaften bezeichnete er als «epochemachend für die Kulturgeschichte der Mark» [FÜNF SCHLÖSSER, GBA, BD. 5, S. 241].

Die Hrsg.

Frau von Friedland

1788–1803

Hans Sigismund von Lestwitz war am 16. Februar 1788 zu Berlin gestorben, seine Leiche aber nach Kunersdorf übergeführt worden. Da ihm, wie wir gesehen haben, Amt Friedland als freies Eigentum von seiten des Königs verliehen worden war, so ging nun die ganze Herrschaft Friedland, die bereits eine ganze Anzahl von Gütern zählte, auf seine Erbtochter über, die damals schon den Namen *«Frau von Friedland»* führte. Mit diesem Namen hat es folgende Bewandtnis:

Helene Charlotte von Lestwitz, geb. am 18. November 1754, vermählte sich 1771, also kaum siebzehn Jahre alt, mit Adrian Heinrich von Borcke, Königlichem Gesandten in Dresden, später in Stockholm. Die Ehe war jedoch, durch Schuld des Gemahls, keine glückliche und wurde, bald nach der Geburt einer Tochter Henriette Charlotte, spätere Gräfin von Itzenplitz, wieder getrennt.

Da die Geschiedene so wenig wie möglich an eine Ehe erinnert sein wollte, die ihr eine Last und Kränkung gewesen war, so nahm sie unter Zustimmung des Königs den Namen einer Frau von Friedland an und führte das Lestwitzsche Wappen fort. Gleichzeitig kehrte sie nach Schloss Kunersdorf, in das elterliche Haus zurück und lebte daselbst ausschließlich der Erziehung ihrer Tochter und der Ausbildung ihres eigenen Geistes. Nach dem Tode des Generals, ihres Vaters, übernahm sie sofort die Verwaltung der beiden Güter, und da es ihrem scharfen Auge nicht entging, dass die Bewirtschaftung, um zu größeren Erfolgen zu gelangen, vor allem eines größeren Betriebskapitals als bisher bedürfe, so verkaufte sie ihren Schmuck und ihre Juwelen, um sich in den Besitz eines solchen Kapitals zu bringen.

Dieser erste Schritt, mit dem sie die Verwaltung ihrer Güter begann, zeigt am besten, welcher raschen und energischen Entschlüsse sie fähig war. Es war eine seltene und ganz eminente Frau; ein Charakter durch und durch. General von der Marwitz auf Friedersdorf, der ihr Gutsnachbar war, hat uns in seinen Memoiren eine Schilderung dieser ausgezeichneten Frau hinterlassen. Er schreibt: «Das meiste in der Landwirtschaft – ungefähr alles, was ich nicht schon aus der Kindheit wusste und nachher aus der Erfahrung erwarb – habe ich von einer sehr merkwürdigen Frau in unserer Nachbarschaft gelernt, von einer Frau von Friedland. Als ich sie kennenlernte (1802), war sie ungefähr zwölf Jahre im Besitz der Güter und führte alles mit beispielloser Ausdauer und Umsicht. Es waren sechs große Wirtschaften, die sie selbst leitete; Unterbeamte hatte sie keine andern als Bauern, die sie selbst dazu gebildet hatte. Nicht nur war der Ackerbau im blühendsten Zustande, sondern sie hatte ihre Wälder aus sumpfigen Niederungen auf bisher öde Berge versetzt, diese Niederungen aber in Wiesen verwandelt, und so in allen Stücken. Ein solches Phänomen war natürlicher Weise weit und breit verschrien. Man sagte, sie ritte auf den Feldern umher (das war wahr) und hätte beständig die Peitsche in der Hand, womit sie die Bauern zur Arbeit treibe – das war erlogen. Ich fand im Gegenteil eine wahre Mutter ihrer Untergebenen in ihr. Wo sie sich sehen ließ, und das war den ganzen Tag bald hier, bald dort, redete sie freundlich mit ihnen, und den Leuten leuchtete die Freude aus den Augen. Aber gehorchen musste alles. Sie war aber nicht bloß eine Landwirtin, sondern eine höchst geistreiche und in allen Dingen unterrichtete Frau. Ich schulde ihr sehr viel; sie hatte mir, als ich Friedersdorf übernahm, die nötigen Wirtschaftsbeamten verschafft und die Rechnungsbücher einrichten lassen.»

So weit Marwitz über Frau von Friedland. Sehr ähnlich, aber noch lebhafter, wärmer, begeisterter, äußert sich Thaer über dieselbe, der sie im Sommer 1801, nachdem er schon 1799 ihre erste Bekanntschaft gemacht hatte, bei seinem zweiten Besuch in der Mark näher kennenlernte. Er schreibt: «Auf der Grenze ihrer Herrschaft kam uns Frau von Friedland, eine der merkwürdigsten Frauen, die je existiert haben, in vollem Trabe entgegen, sprang vom Pferde und setzte sich zu uns in den Wagen. Nun ging es in vollem Galopp über Dämme und Gräben weg. Wir fuhren vier volle Stunden von einem Ort zum andern. Fünf bis sechs Verwalter, Schreiber usw. waren immer neben und hinter dem Wagen und mussten bald eine Herde Kühe, bald eine Herde Schafe oder Schweine herbeiholen. Da indessen einige der Gesellschaft nicht länger verhehlen konnten, dass ihnen nach einem Imbiss verlange, sagte Frau von Friedland: ‹Wir sind sehr bald zu Hause; wollen Sie aber im Freien essen, kann ich Ihnen sogleich etwas schaffen.› Als wir letzteres versicherten, ging es sofort in einen prächtigen Wald hinein, einen steilen Berg hinauf, wo wir erst ein Feuer und bald darauf eine gedeckte Tafel erblickten, auf einem Platze, wo wir im Vordergrunde dichte Waldung, zur Seite einen großen See und in der Ferne eine weite Aussicht in das herrliche Oderbruch hatten. Eine Menge von Schüsseln, die schönsten Weine und ein Dessert von Ananas, Weintrauben usw. ward aufgetragen. Aber sie ließ uns zum Essen und Trinken nicht eben viel Zeit. Es ging bald wieder fort, von einer Feldflur zur andern, und so waren wir gewiss funfzehn Meilen die Kreuz und Quer gefahren, ehe wir auf ihrem gewöhnlichen Wohnsitze, auf Schloss Kunersdorf, ankamen. Sie hat außerdem noch sieben bis acht völlig eingerichtete Wohnungen, wo sie, wie es ihr einfällt, Mittag oder nachts bleibt. Ihre Leute wissen es keine Stunde vorher, wo sie essen oder schlafen will.»

Im weiteren Verlauf der Schilderung, die Thaer von ihr entwirft, heißt es an anderer Stelle:

«Heute von morgens sechs Uhr an bis jetzt, abends zehn Uhr, hat sie uns nicht fünf Minuten Ruhe gelassen. Wir haben gewiss vier Spann Pferde müde gefahren. So etwas von Aktivität ist mir noch nie vorgekommen. Sie hat über ein Dutzend Verwalter, Schreiber und Meier, und dennoch kennt sie jeden kleinen Gartenfleck, jeden Baum, jedes Pferd, jede Kuh und bemerkt jeden kleinen Fehler, der in der Bestellung vorgefallen ist, jede Lücke in einer Hecke, jeden falschgestellten Pflug. Sie hat nicht nur mehrere große Branntweinbrennereien und Brauereien, sondern betreibt auch ein starkes Mühlengewerbe, weshalb sie sich förmlich in das Müllergewerk hat einschreiben lassen, so dass sie das Meisterrecht hat und Lehrburschen ein- und losschreiben kann.»

Diese Schilderungen, sowohl die Thaerschen wie die von Marwitz herrührenden, deuten bereits den Punkt an, worin

Frau von Friedland ganz besonders hervorragte; ich meine ihr Organisations- und Erziehungstalent, ihre Gabe, Leute aus dem Bauernstande zu treuen und tüchtigen Verwaltern, Förstern und Jägern heranzubilden. Sie zeigte dabei ebensoviel Menschenkenntnis, wie sie zugleich ihrerseits Gelegenheit fand, sich von der Bildungsfähigkeit der hier lebenden deutsch-wendischen Mischrace zu überzeugen.

Die meisten und besten Grundstücke der Herrschaft Kunersdorf-Friedland gehörten jenem Teile des Oderbruchs an, der erst durch die von Friedrich dem Großen ausgeführte Odermelioration[14] dem Wasser und Sumpf abgerungen wurde. Diese Grundstücke waren nicht sofort fruchtbar, mehrere Dezennien vergingen, ehe bei dem damaligen mangelhaften Zustande des Ackerbaus in unserer Provinz auf diesem eroberten Grund und Boden auch nur mäßige Ernten erzielt werden konnten. Hier treten uns nun die ganz besonderen Verdienste der Frau von Friedland entgegen.

Aber auch verwandten Gebieten wandte sie ihre Aufmerksamkeit und ihren Eifer zu. Ihre Baumschulen, ihre Pflanzungen erregten Erstaunen, sowie denn zum Beispiel im Frühjahr 1803 ein Vorrat von fünfundzwanzig *Wispeln*[15] *Kienäpfel* zur Aussaat sich vorfand. Auch auf Verschönerungen war sie feinen Sinnes bedacht, und die reizenden Partien zwischen Buckow und Pritzhagen, die «Springe», die «Silberkehle» und andere Glanzpunkte der Märkischen Schweiz sind, ihrer ersten Anlage nach, ihr Werk.

Durch Umsicht, Sorgsamkeit und Anspannung aller ihr zur Verfügung stehenden Mittel den Reichtum des Bruchbodens gefördert und seine Naturkräfte lebendig gemacht zu haben, wird immer ein besonderes und nicht leicht zu überschätzendes Verdienst dieser ausgezeichneten Frau verbleiben. Was sie tat, wurde Beispiel, weckte Nacheiferung und wurde, wie ihr zum Nutzen, so dem ganzen Landesteile zum Segen. Sie starb noch nicht neunundvierzig Jahre alt am 23. Februar 1803 infolge einer heftigen Erkältung, die sie sich, zu rascher Hilfe herbeieilend, bei einem in der Nähe von Kunersdorf ausgebrochenen Feuer zugezogen hatte. Ihr Gedächtnis lebt segensreich in jenen Oderbruchgegenden fort, die ihrem Vorbild, ihrem Rat und ihrer Hilfe so viel verdanken.

4

Die «Geliebten» des Kronprinzen: Sabine Cusig und Louise von Wreech

Sabine Cusig und Louise von Wreech haben Fontanes Interesse einem Mann zu verdanken: Friedrich dem Großen. Und Fontane haben wir es zu verdanken, dass sie als dessen Geliebte in die «Historie» eingegangen sind. Im ersten *Wanderungen*-Band (1862) erzählt er von Friedrichs Rendezvous mit der schönen Förstertochter Sabine Cusig aus Binenwalde (Fontane schreibt «Kusig»). Und in *Oderland* (1863) beschreibt Fontane dessen Beziehung zu der attraktiven und gelehrten Adligen Louise von Wreech aus Tamsel. Allerdings fragt der Schriftsteller, was andere auch brennend interessierte: «Welcher Art waren diese Beziehungen? War es ein intimes Freundschaftsverhältnis, oder war es mehr?»

Beide Beziehungen fallen in Friedrichs Kronprinzenzeit. Der Achtzehnjährige hatte 1730 zusammen mit seinem Freund Hermann von Katte versucht, dem despotischen Vater zu entfliehen. Der Kronprinz wurde jedoch gefasst und in Küstrin arretiert. Nachdem Katte auf Befehl Friedrich Wilhelms I. hingerichtet worden war, wirkte Friedrich auf sein Umfeld keinesfalls gebrochen – zumindest äußerlich. Er befolgte die väterlichen Anweisungen, zeigte offiziell Reue und war, wie die Informanten des Königs protokollierten, bald schon wieder ausgelassen und unternehmungslustig. Bei seinen Ausflügen in die Umgebung von Küstrin kam der Kronprinz 1731 erstmals nach Tamsel und begegnete Louise von Wreech. Zwei Jahre später – Friedrich kommandierte inzwischen das Infanterieregiment von der Goltz in Neuruppin – lässt ihn Fontane dann mit der schönen Förstertochter in Binenwalde zusammentreffen.

Sabine Cusig

Die Liaison zwischen Kronprinz Friedrich und Sabine Cusig, die Fontane am Kalksee romantisch in Szene setzt, steht in dem kurzen Kapitel «Die Ruppiner Schweiz», einer der poetischsten Passagen des ersten *Wanderungen*-Bandes. Allerdings sei die Geschichte, ergänzt Fontane in Klammern, «mehr Idyll als Historie» [F-RUPPIN, 1865, S. 276]. Diesen Zusatz strich er in der dritten Auflage (1875) wieder.

Mit ihm verschwand auch der Ort des Geschehens aus den *Wanderungen*: Binenwalde hatte für die zweite Auflage (1865) im Kapitel «Dörfer und Flecken im Lande Ruppin» einen kurzen Abschnitt erhalten, in dem die Sabinen-Geschichte um einige Details ergänzt wird: 1753 habe König Friedrich dem Vater seiner einstigen Geliebten Sabine Cusig einige Ländereien geschenkt, die den Namen «Binenwalde» erhielten. Aus Fon-

tanes Notizbuch erfährt man darüber hinaus, dass Friedrich sogar vor Ort gewesen sein soll. Der König saß auf dem «Wirthschaftshof» [HIER UND IM FOLGENDEN AUS: F-NB, D2] des Gutes und «blickte nach Sabines Häuschen hinüber», das «im See auf einem Inselchen stand». Während Fontane bei seinem Binenwalde-Besuch im Herbst 1864 das Haus nicht mehr vorfand, entdeckte er auf einer Scheune eine Wetterfahne mit der Inschrift: «C.S.K. Caroline Sabine Kusig». In Klammern ergänzt er: «Caroline ist unsicher.»

Das gilt im Übrigen für die gesamte Liebesgeschichte, die auch nach Fontane noch weitere literarische Blüten trieb. Gesichert sind dagegen die Eckdaten über die «echte» Sabine (1715–1783), die Wilhelm Bartelt 1932 veröffentlichte. Demnach ist Cusig nicht ihr Geburtsname. Sabine, Tochter des Försters Anton Schott, hatte 1734 den in Rüthnick angestellten Förster

Ernst Ludwig Cusig geheiratet. Nach dem Tod des Schwiegervaters 1739 trat er dessen Nachfolge in Zühlen an. Erst 1753 gründete Cusig die Kolonie Binenwalde, die auch kein Geschenk des Königs war. [BARTELT, S. 18 ff.] Ein Besuch Friedrichs in Binenwalde lässt sich ebenfalls nicht nachweisen. Weder als Kronprinz noch als König. Die Affäre mit der schönen Förstertochter entpuppt sich als Legende.

1843 ließ der Gutsbesitzer Karl Heinrich Schulz-Schulzenstein der hübschen Namensgeberin «am steilen Hange dem Herrenhause gegenüber» [BARTELT, S. 37] ein Denkmal setzen, das «Bine» mit Bogen und Jagdhund lebensgroß und äußerst freizügig präsentiert. Fontane erwähnt die Statue in seinem später wieder gestrichenen Kapitel «Dörfer und Flecken im Lande Ruppin» (1865). Allerdings lokalisierte er sie «[v]or dem jetzigen Gutshause». 1945 wurde das Denkmal zerstört. Die Binenwalder haben es 2007 wieder aufgestellt – in neuer Form, aber genauso freizügig wie das Original.

Louise von Wreech

Im Unterschied zur Sabinensage ist ein Kontakt Friedrichs mit Louise von Wreech belegt. Während seiner Küstriner Zeit besuchte der Kronprinz zwischen August 1731 und Ende Februar 1732 mehrmals das benachbarte Gut Tamsel, das sich im Besitz der jungen Louise Eleonore von Wreech (1707–1784) befand. Louise, der das Gut als einziger Tochter nach dem frühen Tod ihres Vaters Johann Ludwig von Schöning (1675–1713) zugefallen war, heiratete 1723 den späteren preußischen Generalmajor Adam Friedrich von Wreech (1689–1746). Als Fried-

rich nach Tamsel kam, hatte Louise bereits fünf Kinder zur Welt gebracht.

Überliefert ist ein reger Briefkontakt zwischen dem Kronprinzen und der fünf Jahre älteren Gutsbesitzerin, von deren «Geist und Grazie» sich Friedrich angezogen fühlte. Die Beziehung beschäftigte schon die Zeitgenossen. Auch Fontane interessierte vor allem eines: War es ein Liebesverhältnis? Seine Antwort in den *Wanderungen* wandelte sich im Laufe der Jahre und Auflagen. Während er in der ersten *Oderland*-Ausgabe (1863) noch behauptet, dass der Prinz «ein intimes Verhältniß mit der schönen Frau v. Wreech anknüpfte» [F-ODERLAND 1863, S. 43], heißt es in der dritten Auflage (1880) zunächst neutraler, dass Friedrich nach seinem ersten Besuch «alsbald in Beziehungen zu der schönen Frau von Wreech trat». Dieser Einschätzung folgt die Problematisierung: «Wie standen der

Kronprinz und die Besitzerin von Schloss Tamsel zueinander? Wie eng oder wie weit waren die Grenzen ihrer Intimität gezogen?» Fontane, der für seine Erörterung dieser Frage Friedrichs Briefe sowie ein in den *Wanderungen* vollständig zitiertes Sonett für Frau von Wreech heranzog, gelangt am Ende – selbst nach einem «argwöhnische[n] Lesen zwischen den Zeilen» – zu der festen Überzeugung, «dass das Ganze nichts anderes als die Huldigung eines etwas verliebten *poetisierenden* jungen Prinzen war».

Auch in einer anderen Frage ändert der Autor seinen Text. Da es ein Vierteljahrhundert später, in der Zeit des Siebenjährigen Krieges, erneut zu einer Korrespondenz zwischen Friedrich und Louise kam, konstatiert Fontane einen charakterlichen Wandel der Frau von Wreech. Friedrich hatte sich nach der Schlacht bei Zorndorf 1758, bei der Tamsel von russischen Truppen geplündert und zerstört worden war, mit einem «Trostbrief» an die Gutsbesitzerin gewandt. Auf dem königlichen Schreiben notierte Louise von Wreech, die auf einem der benachbarten Güter Zuflucht gefunden hatte: «Empfangen am 30. August 1758, in demselben Jahre, in dem ich alles verlor, das ich mein nannte.» Diese Worte seien, meint Fontane, «charakteristischer als sie auf den ersten Blick erscheinen mögen». Zwar sei es gewagt, aus der kurzen Notiz Schlüsse über die damalige Stimmung der Frau von Wreech zu ziehen, schreibt Fontane, doch tut er genau das, indem er unter Bezugnahme auf weitere Briefe Friedrichs der Gutsherrin von Tamsel unterstellt, sie konfrontiere den vom Krieg «schwerbedrängten König» mit Gesuchen für ihr zerstörtes Gut, die er (zunächst) ablehnen musste.

Fontanes Fazit stieß auf Kritik der Wreech-Urenkelin Sophie

von Schwerin, der er das *Tamsel*-Manuskript vor dem Erstdruck in der *Neuen Preußischen [Kreuz-]Zeitung* (1862) vorgelegt hatte. Seiner Freundin Mathilde von Rohr teilte er mit, dass er eine Passage am Schluss des Aufsatzes noch einmal geändert habe. Diese «Stelle» sei von der Gräfin beanstandet worden – «wie ich gern zugebe, mit Recht». Fontane erklärt, er habe, «um die *Gegen*stücke oder eine Art von Antithese stärker herauszubringen», die schöne Frau von Wreech «vielleicht etwas *kleiner* gezeichnet, als die Billigkeit erheischt». Nun habe er die entsprechende Passage «gemildert und namentlich folgende Stelle ganz fortgelassen: ‹Er (der König) ist groß geworden, die schöne Frau aber nahezu kleinlich, engherzig, egoistisch. Im engen Sinn hat sich der Sinn verengert.› Diese *stärkste* Stelle fehlt jetzt ganz.» [F-ROHR, S. 55] Um nicht «den ganzen Zusammenhang zu stören», habe er aber die vorangegangenen Zeilen stehen lassen: «‹Mit der Jugend hatte Frau v. Wreech auch die Poësie der Empfindung eingebüßt, und während die Jugendbriefe des Kronprinzen uns ungleich mehr mit der *Empfängerin* in Tamsel als mit dem Küstriner Verfasser sympathisieren ließen, wendet sich nun das Blatt.›» [F-ROHR, S. 55 f.] Fontane meint, dies sei «nicht zu streng». Offenbar doch. Denn in den *Oderland*-Buchausgaben hat er die umstrittene Stelle erneut entschärft. Statt Frau von Wreech zu unterstellen, sie habe «die Poësie der Empfindung eingebüßt», zeigt sich der Autor überraschend empathisch. Die Korrespondenz ließe keinen Zweifel darüber, «von welchen Empfindungen das Herz der freilich schwer heimgesuchten Frau damals ausschließlich erfüllt wurde».

Nach dem Siebenjährigen Krieg blühte Gut Tamsel wieder auf. Louise von Wreech starb zwei Jahre vor Friedrich, den sie in der Kronprinzenzeit bereits als den «großen Friedrich» bezeichnete. 1840 erhielt der König im Tamsler Park ein Denkmal. Das Schloss, das sich heute in der polnischen Ortschaft Dąbroszyn befindet, existiert noch. Ebenso wie das Denkmal Friedrichs – durchlöchert von Einschüssen russischer Soldaten des Marschalls Schukow, der hier am Ende des Zweiten Weltkriegs Quartier bezog und die Eroberung Berlins vorbereitete.

Die Hrsg.

Die Ruppiner Schweiz

Ist's norderwärts in Rheinsbergs Näh'?
Ist's süderwärts am Molchowsee?
Ist's Rottstiel tief im Grunde kühl?
Ist's Kunsterspring, ist's Boltenmühl?

Die Schweize werden immer kleiner, und so gibt es nicht bloß mehr eine *Märkische*, sondern bereits auch eine *Ruppiner* Schweiz, der es übrigens, wenn man ein freundlich-aufmerksames Auge mitbringt, weder an Schönheit noch an unterscheidenden Zügen fehlt. Sie besitzt beides in ihrem Wasserreichtum. Während Freienwalde dieses Schmuckes beinah völlig entbehrt und Buckow, den großen See zu seinen Füßen abgerechnet, nur zwei kleine Edelsteine von allerdings reinstem Wasser aufweist, sind Fluss und See das eigentliche Lebenselement der Ruppiner Schweiz.

Der Fluss ist der Rhin. Er kommt von Rheinsberg (Rhinsberg) her, bildet zunächst eine ganze Reihe von Wasserbecken und gibt erst an der Südspitze des Molchowsees seine Hügelheimat auf, um in das «Schwäbische Meer» dieser Gegenden, in den Ruppiner See, einzutreten. Hier streift er, wie sein berühmter hochdeutscher Namensvetter, der Rhein, den Rest seiner schäumenden Jugend ab und, ruhig geworden bis zum Stillstand, windet er sich, von nun an, nur noch durch Lücher und Brücher hin, die den Namen Linum als Mittelpunkt haben. In Poesie geboren, fällt ihm zuguterletzt das Los zu, den *Torfkahn* auf seinem Rücken zu tragen.

Aber wenn dieser, wie nicht bestritten werden soll, zum prosaischen Genossen seiner reiferen Jahre wird, so sind *Förstereien* und *Wassermühlen* die Gefährten seiner Jugend, und überall da, wo sein Wasser noch über ein Wehr fällt oder hochaufgeschichtete Bretterbohlen an seinen Ufern liegen, da sind auch die Stätten seiner Schönheit. Jede dieser Stätten, zwischen zwei Seen gelegen, dürfte die Hand nach dem stolzen Namen «Interlaken» ausstrecken, aber im Bewusstsein eigenen Wertes verschmähen sie es, mit vornehmen Anklängen zu prunken, und geben sich lieber ohne jegliche Prätension und nur auf sich selber gestellt, als Rottstiel und Pfefferteich, als Boltenmühle und Kunsterspring. Und wie sie selber auf alles klug verzichten, was zur Quelle lästiger Vergleiche nach außen hin werden könnte, so verzichten wir darauf, ihren Preis und Wert untereinander festzustellen. Denn wie unter schönen Schwestern die Streitfrage nie gelöst wird, «wer eigentlich die schönere oder die schönste sei», weil es heute diese und morgen jene, je nach der Kleidfarbe, die sie tragen, oder nach dem Bande, das zufällig an ihrem Hute flattert, so ist auch hier die Frage nach der größeren Schönheit eine bloße Frage der Beleuchtung, der Stimmung, des zufälligen Schmuckes. Wenn heute Boltenmühle in Malven siegt, so siegt morgen Kunsterspring in roten Ebereschen, und ein helleres oder dunkleres Abendrot, ein schmaleres oder breiteres Band, das der Regenbogen über die Landschaft spannt, entscheidet darüber, ob

Rottstiel über Pfefferteich oder Pfefferteich über Rottstiel triumphiert.

Auch die «Historie» ist leisen Fußes durch diese Gegenden hingeschritten und erzählt von Kronprinz Fritz und seiner Liebe zum schönen Försterkinde von Binenwalde. Von Rheinsberg aus herüberkommend, gab er im Abenddämmer das wohlbekannte Zeichen nach dem mitten im See gelegenen Forsthaus hinüber, und nicht lange, so glitt ein Kahn aus dem Schilfgürtel hervor und der Stelle zu, wo der Prinz, unter den Zweigen einer überhängenden Buche, die schöne Sabine, das «Insel- und Försterkind», erwartete. Die schöne Sabine aber stand lächelnd aufrecht im Kahn, das Ruder mit raschem Schlage führend, bis im nächsten Moment das Ruder ans Land und sie selbst dem Harrenden in die Arme flog.

Aber diese Tage sind hin, und wie tiefe Sonntagsruhe liegt es in den Lüften, wenn, wie zu dieser Mittagsstunde, die nachbarliche Mühle schweigt.

Ausgestreckt am Hügelabhang, den Wald zu Häupten, den See zu Füßen, so träumst du hier, bis die wachsende Stille dich erschreckt. Mit angespannten Sinnen lauschest du, ob nicht doch vielleicht ein Laut zu dir herüberklinge, und endlich hörst du die Rätselmusik der Einsamkeit. Der See liegt glatt und sonnenbeschienen vor dir, aber es ruft aus ihm, die Bäume rühren sich nicht, aber es zieht durch sie hin, aus dem Walde klingt es, als würden Geigen gestrichen, und nun schweigt es und ein fernes, fernes Läuten beginnt. Ist es Täuschung, oder ist es mehr? Ein wachsendes Bangen kommt über dich, bis plötzlich das Klappern der Mühle wieder anhebt und der schrille Ton der Säge den Mittagszauber zerreißt.

Wer will sagen, wenn er die Ruppiner Schweiz durchwandert, wo ihr Zauber am mächtigsten wirkt.

Und fragst du *doch*: den *vollsten* Reiz,
Wo birgt ihn die Ruppiner Schweiz?
Ist's norderwärts in Rheinsbergs Näh'?
Ist's süderwärts im Molchowsee?
Ist's Rottstiel tief im Grunde kühl?
Ist's Kunsterspring, ist's Boltenmühl?
Ist's Boltenmühl, ist's Kunsterspring?
Birgt Pfefferteich den Zauberring?
Ist's «Binenwalde?» – nein, o nein,
Wohin du kommst, da wird es sein,
An jeder Stelle gleichen Reiz
Erschließt dir die Ruppiner Schweiz.

Dörfer und Flecken im Lande Ruppin [Ausschnitt]

Binenwalde. War früher (so wird erzählt) ein bloßes Forsthaus im Zühlen'schen Forstrevier. Zur Zeit, als Kronprinz Friedrich in Rheinsberg residierte, wohnte hier Förster *Kusig*. Seine schöne Tochter *Sabine* – gewöhnlich Binchen oder «die Bine» geheißen – stand in einem Verhältnis zum Prinzen, der eine Zeitlang nirgends lieber verweilte als im Forsthaus. 1753, also fast 20 Jahre später, schenkte er dem Vater der «Bine» einige benachbarte Ländereien und gab diesen den Namen «Binenwalde». Liegt dieser Erzählung etwas Wahres zum Grunde (und soviel steht fest, dass die Försterstochter Sabine Kusig hieß), so muss der Ort – wie auch viele tun – Binenwalde und nicht Bienenwalde geschrieben werden. Vor dem jetzigen Gutshause steht eine Statue, von der das Volk sagt: «es ist die Bine».

Kronprinz Friedrich und Frau von Wreech

In edlem Zorn erhebe dich, blick' auf.
Beschäme, strafe den unwürd'gen Zweifel.

Schiller[16]

Nach des Feldmarschalls Tode fiel Tamsel an den einzigen Sohn desselben, der mutmaßlich schon bei Lebzeiten des Vaters die Verwaltung der Familiengüter übernommen hatte. Aber das schöne Schloss, das die Hand griechischer Künstler geschmückt hatte, schien kein Glück und keine Fülle des Lebens für alle diejenigen beherbergen zu sollen, die den Namen Schöning führten, und kaum anderthalb Jahrzehnte nach dem Tode des berühmten Vaters folgte ihm der unberühmte Sohn in die Gruft.

Dieser Sohn war der letzte Schöning der Linie Tamsel. Er hinterließ nur eine einzige Tochter Luise Eleonore, die, damals ein Kind noch, unter Vormundschaft ihrer Mutter die reiche Erbschaft antrat. Luise Eleonore war mit vier Jahren die Erbin von Tamsel und mit sechzehn Jahren die Gemahlin des Obersten Adam Friedrich von Wreech. Sie war acht Jahre mit diesem vermählt, also vierundzwanzig Jahre alt, als der damals neunzehnjährige *Kronprinz* Friedrich, mutmaßlich in den letzten

Tagen des August 1731 (bis dahin hatte er die Festung Küstrin nicht verlassen dürfen) seinen ersten Besuch in Tamsel machte.

Es ist bekannt, dass der Prinz diesem ersten Besuche andere folgen ließ und alsbald in Beziehungen zu der schönen Frau von Wreech trat, die bis in die letzten Tage seines Küstriner Aufenthaltes hinein, also bis Ende Februar 1732, fortgesetzt wurden.

Die Frage drängt sich auf: Welcher Art waren diese Beziehungen? War es ein intimes Freundschaftsverhältnis, oder war es mehr? Die darüber herrschenden Anschauungen sind dem Rufe der Dame nicht allzu günstig gewesen; verschiedene Briefe jedoch, die der Kronprinz eben damals an Frau von Wreech richtete und deren Inhalt erst in neuester Zeit bekannt geworden ist, werden vielleicht imstande sein, die gäng und gäben Ansichten über diesen Punkt zu modifizieren. Diese Briefe, die sich jetzt im Besitz einer Urenkelin befinden, wurden von der letzteren in einem auf sie vererbten Berliner Hause zufällig aufgefunden, als ihr beim Ordnen von Papieren ein schon ziemlich vergilbtes Paket mit der kurzen Bezeichnung: «Papiers concernant la famille de Wreich»[17] in die Hände fiel. Ein zweiter Umschlag führte die Aufschrift: «Lettres et vers de certain grand Prince»,[18] woran sich, wie zu bestimmterer Bezeichnung des Inhaltes, die Worte reihten: «Lettres de Frédéric II. (comme Prince royal) à Madame de Schoening et à sa fille Madame de Wreich.»[19]

Diese Briefe sind auf gewöhnlichem groben Schreibpapier und oft bis an den untersten Rand hin voll geschrieben; die Linien sind krumm, die Orthographie höchst mangelhaft, Zeit und Ortsangabe fehlen. Nur einer trägt das völlige Datum, und zwar den 5. September 1731. Doch ergibt sich aus dem

Inhalt der Briefe mit Bestimmtheit, dass sie zwischen Ende August 1731 und Ende Februar 1732 geschrieben sein müssen.

Ihre Bedeutung ist in mehr als einer Beziehung nicht gering zu veranschlagen. Sie werfen zunächst ein ganz bestimmtes und sehr vorteilhaftes Licht auf die Art des Verhältnisses. So wenigstens erscheint es mir. Sollten aber auch die traditionell gewordenen Anschauungen über diesen Punkt nicht erschüttert werden, so geben uns diese Briefe doch immerhin einen Reichtum von Details und dadurch ein minutiöses Bild jener Tage.

Denn die «Frau von Wreech-Literatur», wenn man uns diesen Ausdruck gestatten will, war bisher ziemlich knapp bemessen und beschränkte sich auf zwei Briefzitate, von denen das eine einem Briefe des Grafen Schulenburg an Grumbkow, wenn ich nicht irre, das andere einem Briefe Grumbkows an Seckendorf entnommen war. Beide sehr aphoristisch, und während Schulenburg einfach meldete: «Frau von Wreech sei sehr schön und habe einen Rosen- und Lilienteint», sprach Grumbkow von einer «starken amour», in die der Prinz verfallen sei, und fügte noch einige derbe Worte hinzu, die der König, gewissermaßen in Billigung und Gutheißung des Verhältnisses, geäußert haben sollte. Dies ist alles. Wohl sprechen die diplomatischen Klatschbriefe jener Tage von allerhand «Debauchen»[20], in die der Prinz verfallen sei, dieser Ausdruck aber bezieht sich ersichtlich nur auf sein Küstriner Leben überhaupt, nicht auf seine Tamseler Besuche. Ja, ich möchte weiter gehen und die Behauptung wagen, dass Tamsel damals die Kehrseite dieser Küstriner Tage gewesen sei, ganz geeignet, durch Sitte, Feinheit und Anstand ein Leben wieder zu regulieren, das solcher Regulatoren allerdings dringend bedürftig war.

Treten wir dieser Frage näher, so wird es geraten sein, sich zunächst, gestützt auf die Briefe des Kronprinzen, mit der Persönlichkeit und dem Charakter der Frau von Wreech zu beschäftigen. Haben wir diesen festgestellt, so haben wir viel gewonnen. Denn die Handlungen der Menschen sind im Einklang mit ihrem Sinn.

«Ein Teint wie Lilien und Rosen» schreibt Schulenburg und stellt mit Hilfe dieser wenigen Worte das Bild einer schönen Blondine vor uns hin; jung, heiter und blendend. Aber die Briefe des Kronprinzen geben uns mehr; sie durchgeistigen die schöne Gestalt. Frau von Wreech scheint sich Ausgangs November 1731, während der Vermählungstage der Prinzessin Wilhelmine, mit am Berliner Hofe befunden zu haben, und während dieser Tage ist es, dass der Kronprinz sich niedersetzt, um an Frau von Schöning, die mutmaßlich in Tamsel zurückgebliebene Mutter der Frau von Wreech, zu schreiben. «Madame», so heißt es in diesem Briefe, «ich habe das Vergnügen gehabt, Ihre Frau Tochter in Berlin zu sehen. Ich sah sie aber so flüchtig, dass ich kaum Gelegenheit fand, ihr guten Tag und guten Weg zu wünschen. Dennoch, so kurze Zeit ich sie sah, konnt' es mir nicht entgehen, wie sehr sie sich vor allen anderen Damen des Hofes auszeichnete, und obschon ein ganzer Haufe von Prinzessinnen (une foule de Princesses) zugegen war, die an Glanz sie übertrafen, so verdunkelte Ihre Frau Tochter doch alle durch Schönheit und majestätische Miene, durch Haltung und feine Sitte. Ich war wirklich in einer Tantalus-Lage, immer versucht, zu einer so göttlichen Person (à une si divine personne) zu sprechen, und nichtsdestoweniger zum Schweigen verpflichtet. Sie feierte schließlich einen völligen Triumph und alles am Hofe kam überein, dass Frau von Wreech den Preis der Schönheit und feinen Sitte davontrage. Diese Worte müssen Ihnen wohltun, da Sie dieser liebenswürdigsten aller Frauen so nahestehen. Aber seien Sie versichert, Madame, dass Ihre Teilnahme an diesem allen nicht lebhafter sein kann als meine eigene, der ich alles liebe, was dieser liebenswürdigen Familie zugehört, und immer bin und sein werde Ihr ergebenster Freund, Neffe und Diener Friedrich.»

Wenn uns dieser Brief von der Feinheit und Grazie der schönen Frau erzählt, so erzählt uns ein anderer Brief von dem *Respekt*, den ihre Gegenwart einzuflößen verstand. Der Kronprinz schreibt unterm 5. September 1731 an Frau von Wreech selber: «Ich würde die härteste Strafe verdienen, in *Ihrer Gegenwart* eine bêtise[21] wie die gestrige begangen zu haben, wenn ich nicht Entschuldigungen hätte, die glaub' ich einigermaßen stichhaltig sind. Der Graf sagte wirklich Dinge, die mir ganz und gar nicht gefielen, Dinge, deren rasche und ruhige Verdauung über meine Kräfte ging. Dennoch hab' ich nur allzu guten Grund, Ihre Verzeihung für mein albernes Betragen nachzusuchen. Sie werden mir erlauben, meinen letzten Besuch durch einen anderen wieder gutzumachen, wo ich versuchen will, so weit wie möglich den Eindruck meiner gestrigen Torheit zu verwischen.»

So am 5. September. Aber die aufgefundenen Briefe fügen dem Bilde weitere Züge hinzu und wir sehen Frau von Wreech nicht nur im Besitz von Jugend, Schönheit und einer Respekt erzwingenden Haltung – wir gewinnen auch einen leisen Einblick in ihre geistige Begabung und in die Liebenswürdigkeit ihres Charakters. Am 20. Februar 1732 schreibt der Kronprinz:

«Ich würde sehr undankbar sein, wenn ich Ihnen nicht meinen Dank aussprechen wollte, einmal darüber, dass Sie überhaupt nach Tamsel kamen, dann über die reizenden Verse, die Sie für mich gemacht hatten. Ich hätte mich einer Sünde schuldig zu machen geglaubt, wenn ich die Verse gleich gelesen und dadurch, wenn auch nur um einen Augenblick, mich um den Zauber Ihrer Unterhaltung gebracht hätte. Gestern, in abendlicher Einsamkeit, fand ich Gelegenheit, alles in ungestörtester Muße zu lesen und zu bewundern. Da haben Sie meine Kritik. Alles, was von Ihnen kommt, entzückt mich durch Geist und Grazie. Doch genug – ich breche ab, seh ich Sie im Geiste doch ohnehin *erröten*. Ihrer *Bescheidenheit* aber jedes weitere Verlegenwerden zu ersparen und zugleich von dem Wunsche geleitet, Ihnen einen neuen Beweis meines blinden Gehorsams zu geben, schicke ich Ihnen, was Sie von mir gefordert haben.»

Das, was der Prinz schickt, was Frau von Wreech von ihm gefordert hat, ist sein *Porträt*, und er begleitet dasselbe mit einem Abschiedssonett, dessen Liebesgeständnis, eben weil es Abschiedszeilen sind, vielleicht ein gut Teil ernsthafter zu nehmen ist als alle die andern gereimten Huldigungen, auf die ich später zurückkomme. Das Sonett lautet:

Als mein Gesandter soll mein Bild dich grüßen,
Und des Gesandten Dolmetsch sei dies Lied,
Was ich zu sagen dir bisher vermied,
Ich sag' es nun: Ich liege dir zu Füßen.

Ich trage Fesseln, aber jene süßen,
Von denen nie ein Herz freiwillig schied, –
Mit jedem Ringe, jedem neuem Glied
Wächst nur die Lust zu tragen und zu büßen.

Doch halt, o Lied, verrate nicht zu viel,
Verberge lieber hinter heitrem Spiel
Den Schmerz des Abschieds und des Herzens Wunde,

Verberge deiner Wünsche liebstes Ziel,
Verschweige, dass nur *eine* dir gefiel,
Um die du sterben möchtest jede Stunde.

Ich habe die Übersetzung dieses Sonetts mit gutem Vorbedachte hierher gestellt, weil es mir, ganz abgesehen von seinem Wert oder Unwert, einen passenden Übergang zu dem zu machen scheint, was ich zunächst noch zu sagen haben werde.

Nachdem ich nämlich bis hierher bemüht gewesen bin, das Bild der Frau von Wreech zu zeichnen, drängt sich uns nunmehr wieder die bis hierher zurückgewiesene Frage auf: Wie standen der Kronprinz und die Besitzerin von Schloss Tamsel zueinander? Wie eng oder wie weit waren die Grenzen ihrer Intimität gezogen?

Meine Antwort auf die Frage weicht, wie ich schon angedeutet, von der üblichen Anschauung ab. Es stehen sich die Grumbkowschen Klatschereien und die eigenhändigen Briefe des Kronprinzen ziemlich diametral einander gegenüber, und die vorsichtigste Prüfung dieser letzteren, selbst ein argwöhnisches Lesen zwischen den Zeilen, hat mich nur fester in der Überzeugung gemacht, dass das Ganze nichts anderes als die Huldigung eines etwas verliebten *poetisierenden* jungen Prinzen war – eine Huldigung, die, mal leichter, mal leidenschaftlicher auftretend, von Frau von Wreech abwechselnd als eine Zerstreuung, eine Ehre, eine Schmeichelei, aber gelegentlich auch als eine Last entgegengenommen wurde.

Dem entsprechend gestalteten sich ihre Beziehungen. Der sinnliche Reiz der jungen Frau mochte denselben vorübergehend eine andere Färbung geben; kein Zweifel, es kamen leidenschaftliche Stunden, aber sie kamen nur wie Fieberanfälle und ließen im wesentlichen das auf ästhetischen Interessen aufgeführte Verhältnis fortbestehen. Es war das *geistreiche Bedürfnis*, das immer wieder nach Tamsel hindrängte. Der Esprit der Küstriner Garnisonsoffiziere reichte nicht aus, ihr Verständnis für Verse war vollends ungewiss, und so sehen wir denn die Korrespondenz nach Tamsel hin nicht nur von zahlreichen Poetereien, von Hymnen, Sonetten usw. beständig begleitet, sondern auch die Briefe selbst in jener halb ironischen, halb humoristischen Weise abgefasst, die sich immer da einstellt, wo junge Männer dem Zuge nicht widerstehen können, jeden Brief als eine kleine literarische Tat, als eine Anhäufung origineller Gedanken in die Welt zu senden.

Den ersten Brief des Kronprinzen übergehe ich hier; ich beginne mit dem zweiten, worin «der junge Poet», dem nichts so sehr am Herzen liegt als das Schicksal seiner Verse, unverkennbar hervortritt.

«Madame», so schreibt er, «die Heuschrecken, die das Land verwüsten, haben die Rücksicht genommen, Ihre Besitzungen und Ländereien zu verschonen. Ein zahlloses Heer viel schlimmerer und gefährlicherer Insekten indes steht auf dem Punkte, sich bei Ihnen niederzulassen, und nicht zufrieden damit das Land zu zerstören, haben diese Geflügelten die Dreistigkeit, Sie persönlich und in Ihrem eigenen Schlosse zu überfallen. Diese Geflügelten führen den Namen *Verse*, sind Sechsfüßler, haben scharfe Zähne und einen langgestreckten Körper, dazu eine gewisse Kadenz, die genau genommen ihr Grundprinzip ist und ihnen das Leben gibt. Es ist eine böse Race, jüngst vom Parnass angekommen, wo sie der gute Geschmack nicht länger dulden wollte. Ein gleiches Schicksal wird ihrer in Tamsel harren. Wie immer dem sein möge, ich freue mich, dass Apollo sich aufgerafft hat, um seinen Musenberg von der Spreu der nüchternen Poeten zu säubern. Sein Staubbesen hat gründlich aufgeräumt. Ich selbst freilich bin unter den zumeist Getroffenen; aber ich verzeihe alles, verzeihe es um so lieber, als ich sehr wohl weiß, dass überall da, wo dem Bösen seine Strafe wird, auch das Gute seinen Lohn erhält. Sie, Madame, werden diesen Lohn empfangen, und ich bitte Sie dann um Ihr allergnädigstes Fürwort. Sagen Sie dem Apoll, dass er als Directeur der Künste und Wissenschaften eigentlich doch zu grob operiert und mich kaum noch als einen Mann von Ehre behandelt habe. Bitte, sagen Sie ihm ferner, dass es eigentlich nur ein Mittel gäbe, solche Züchtigungen und Backenstreiche erträglich zu machen, nämlich die Stiftung eines *Ordens vom schlechten Reim*. Willigt er darin, so kann er uns von da ab treffen, wie er will, wir werden es ruhig und dankbar hinnehmen – *Ritter*, die wir dann sind.»

So der Brief. Der Kronprinz hat in den ersten Zeilen desselben ein ganzes Heer von Versen angekündigt, «Sechsfüßler mit scharfen Zähnen und langgestrecktem Körper», und diese Verse, die dem Briefe beiliegen, so wie andere, die später folgten, beschäftigen uns jetzt. Alle teilen sie sich in zwei Gruppen: in solche, die in direkter Huldigung gegen die schöne Frau geschrieben sind, und in solche, die ihr bloß zur Kritik vorgelegt werden.

Eine *Ode*, an Frau von Wreech gerichtet, eröffnet den Reigen. Man muss es damals mit den Gattungseinteilungen nicht allzu genau genommen haben, denn die Zeilen verhalten sich zu dem Schwung einer wirklichen Ode, wie sich Kotzebues «Armer Poet» zum Goetheschen «Tasso» verhält. Der Prinz erklärt, dass er Frau von Wreech liebe; dass es freilich Menschen gäbe, die da meinten, Liebe sei Schwäche, dass er für sein Teil aber die schwachen Herzen angenehmer fände als die Herzen von Stein. In den mittleren Strophen heißt es dann in leidlich wohlgesetzten Alexandrinern:

Hab' ich zuviel gesagt und ging mein Lied zu weit,
So wiss', in Bangen nur übt' ich Verwegenheit,
So denke, dass ich schwieg, als ich zuletzt dich sah,
Ich schwieg, denn göttingleich, wortraubend standst
du da.

Gebiet'rin, die du bist, gestatte mir noch oft
Geständnis all' des Glücks, drauf meine Seele hofft,
Geständnis dessen all', was ich bisher bezwungen,
Darbringungen im Lied all' meiner Huldigungen.

Ein glücklicher Zufall hat uns auch die Reimzeilen aufbewahrt, mit denen Frau von Wreech diese poetische Adresse des Kronprinzen beantwortete. Sie wurden nämlich im Brouillon auf die Rückseite des kronprinzlichen Briefes geschrieben und lauten wie folgt:

Welch' Wunder trug sich zu? Was ist's, das sich begab?
Es steigt ein Königssohn, ein Prinz zu mir herab,
Besingt in Liedern mich und fordert mich zum Streit;
Antworten seinem Lied wär' wie Verwegenheit,

Ich kann es nicht, nein, nein, verwirrt in jedem Sinn
Fährt, über was ich schrieb, die Feder wieder hin.

Wohl hab' ich oft gehört, an diesem, jenem Ort,
Wer nur im Herzen fühlt', dem gibt sich auch das Wort,
Doch trät ich keck zum Kampf mit dir, Erhabener, ein,
Müsst' ich an Witz und Wort zuvor dein Echo sein.

Solch' Echo bin ich nicht: all' meiner Seele Schwung
Entspringt aus einem nur, aus der Bewunderung
Womit ich vor dir steh'; dein Tun, das in mir lebt,
Dein Schicksal ist's allein, was mich zu dir erhebt.

Es huldigt mir dein Wort; ich habe des nicht Leid,
Ist doch huldvolles Wort der Hoheit schönstes Kleid,
Und du, du botest mehr, der Grazien schöne Hand
Gestaltete zum Lied, was deine Huld empfand,
Du gabst mehr Ehre mir, als je mein Herz erfuhr,
Und all' mein Sein ist Dank und stille Huld'gung nur.

Dies sei genug. Auffallend ist es, dass sich in diesen Versen, die spätere Ruhmesbezeichnung gleichsam antizipierend, bereits der Ausdruck «le grand Frédéric» vorfindet. Das bewundernde Hinaufblicken aber zu diesem grand Frédéric erklärt sich wohl überwiegend aus der erst kurze Zeit zurückliegenden «Küstriner Tragödie», die den Kronprinzen, vor aller Welt Augen, mit einem Märtyrer- und Glorienschein umkleidet hatte.

Ich sagte, die Sechsfüßler, die der Kronprinz seinen Briefen beilegte, waren doppelter Art: einerseits Huldigungen gegen Frau von Wreech, andererseits kleine literarische Beilagen, die ein Geplauder, einen Meinungsaustausch, eine espritvolle Kontroverse wachrufen sollten. Begreiflicherweise sind es diese letzteren, denen ich ein besonderes Gewicht beilege, weil sie das ästhetisch-literarische Fundament des Verhältnisses ungleich besser charakterisieren als jene Huldigungsstrophen.

Diese literarischen Beilagen bestanden zunächst aus *Satiren*, ebenfalls in den unvermeidlichen Alexandrinern geschrieben. Er rächt sich in ihnen für alle während seiner Gefangenschaft erlittene Unbill und jeder, der ihn gepeinigt oder auch nur vorübergehend gelangweilt hat, erhält seinen Geißelhieb. Der Gouverneur von Lepel, der Kammerdirektor Hille, die neidische Frau von Wolden, alle ziehen sie noch einmal vorüber, zuletzt die Colonelle Eberts, von der es heißt, «dass sich über ihre Dummheit eine ganze Äneide[22] schreiben ließe». An Noten, Erläuterungen und Randbemerkungen ist kein Mangel, und in einem Postskriptum erfahren wir, dass die ganze Satire in etwa vierzehn Tagen geschrieben und doch immer noch voller Fehler sei, während alles Gute darin dem Horaz oder Juvenal entstamme. Oder auch dem Boileau.

So waren die Verspakete, die die kronprinzlichen Briefe nach Tamsel hin begleiteten. Diese selber glichen Aufsätzen und hoben das literarische Interesse weit über das Herzensinteresse hinaus.

Etwa um die Mitte November, kurz vor seiner völligen Aussöhnung mit dem Vater, schreibt er: «Verehrteste Cousine! Des guten Glaubens, dass Sie zu meinen besten Freunden in diesen Gegenden zählen, kann ich nicht unterlassen, Ihnen einen Plan mitzuteilen, der sich auf meinen demnächstigen Einzug in Berlin bezieht. Es ist ungefähr folgendes, was ich Ihnen darüber mitzuteilen habe. Der Zug soll durch eine Herde jener verpönten

Tiere von zartem Fleisch und unzarten Gewohnheiten eröffnet werden, denen die Aufgabe zufallen wird, aus Leibeskräften und in Gemäßheit angeborener Instinkte zu schreien. Dann folgt eine Schaf- oder Hammelherde unter Führung eines meiner Kammerdiener. Danach eine Herde podolischer Ochsen, die mir unmittelbar voraufgehen. Nun ich selbst. Mein Aufzug ist folgender: ein großer Esel trägt mich, so einfach als möglich aufgeschirrt. Statt der Pistolenhalfter befinden sich zwei Getreidesäcke vor mir, und ein tüchtiger Mehlsack vertritt die Stelle von Sattel und Schabracke. So sitz ich da, einen Knüttel als Peitsche in der Hand und einen Strohhut statt des Helmes auf dem Kopf. Zu beiden Seiten meines Esels marschiert ein halbes Dutzend Bauern mit Sensen, Pflugscharen und anderen Attributen der Landwirtschaft, und müht sich Schritt zu halten und einen Ernst zu zeigen, wie er der Sache angemessen ist. Dann folgt, auf der Höhe eines schwerbeladenen Heuwagens, die heroische Gestalt des Seigneur von Natzmer, der Wagen selbst von vier Ochsen und einer Stute gezogen. Ich bitte Sie, verehrteste Cousine, mich bei Anordnung dieser Zeremonie unterstützen zu wollen. Was mich angeht, so zieh' ich es vor, eine wirkliche Ursache zu Hohn und Spott zu geben, als ohne allen Grund von einem frechen Volkshaufen ausgelacht zu werden. Ich treffe alle Vorbereitungen für diesen meinen Einzug und warte nur noch Ihrer Ordre, um sie ins Werk zu setzen.»

Dieser Brief, mit allen seinen Vorzügen und Schwächen, was ist er anders als ein kleiner humoristischer Versuch, der der schönen Freundin in Tamsel übersandt wird, um bei nächster Gelegenheit einiges Schmeichelhafte darüber zu hören.

Noch einmal, die ästhetisch-literarischen Bedürfnisse des Kronprinzen schufen und unterhielten das Verhältnis, und wenn die Gefühle des jungen Poeten, wie kein Zweifel ist, zu Zeiten die Gestalt einer leidenschaftlichen Zuneigung annahmen, so bleibt es doch mindestens ungewiss, ob diese Neigung eine glückliche, eine gegenseitige war. Wenn wir darüber die Schlusssätze des letzten Briefes vom 20. Februar zu Rate ziehen, so scheint es beinahe, dass Frau von Wreech einfach hinnahm, was sie nicht ändern konnte, und dass sie, namentlich nach Ablauf einer ersten Epoche poetischer Bewunderung, des Kronprinzen Liebe mehr duldete als erwiderte. Diese Schlusssätze des prinzlichen Briefes lauten: «So schicke ich Ihnen denn mein Bild. Ich hoffe, dass es mich wenigstens dann und wann in Ihre Erinnerung bringen und Sie zu dem Zugeständnis veranlassen wird; er war au fond ein guter Junge (un assez bon garçon), aber er langweilte mich, denn er liebte mich zu sehr und brachte mich oft zur Verzweiflung mit seiner unbequemen Liebe.»

Diese Worte, die fast wie ein Resümee klingen, sind mir als besonders charakteristisch erschienen. Ende Februar verließ der Kronprinz Küstrin, um vorläufig nicht mehr dahin zurückzukehren.

Die Jahre gingen, andere Zeiten kamen. Das Verhältnis, das einen Winter lang so viel Trost und Freude gewährt hatte, schien tot, und erst sechsundzwanzig Jahre später sehen wir den Kronprinzen, nun *König* Friedrich, abermals in Tamsel.

Aber wie anders sieht ihn jetzt Tamsel an! Es ist am 30. August 1758, fünf Tage nach der Schlacht bei Zorndorf. Das Schloss ist von den Russen ausgeplündert, alle Bewohner sind geflohen, der zurückgebliebene Lehrer der Wreechschen Kinder liegt erschlagen im Park, alles ist wüst, öde, halb verbrannt, und nur mit Mühe konnte ein Tisch für den König herbeigeschafft werden. Und jetzt gedenkt er entschwundener Tage und alter Pflicht und alter Liebe, und angesichts der Zerstörung, die sein Herz an *diesem* Orte doppelt trifft, richtet er noch einmal einige Zeilen an die schöne Frau. Keine Verse sind eingeschlossen, aber ein Besseres hat er sich in der Schule des Lebens erobert – ein echtes Gefühl. Der Brief selbst aber lautet:

«Madame! Ich habe mich nach der Schlacht vom 25. hierher begeben und eine volle Zerstörung an diesem Orte vorgefunden. Sie mögen versichert sein, dass ich alles nur mögliche tun werde, um zu retten, was noch zu retten ist. Meine Armee hat sich genötigt gesehen, hier in Tamsel zu fouragieren, und wenn freilich die verdrießliche Lage, in der ich mich befinde, es ganz unmöglich macht, für all' den Schaden aufzukommen, den die Feinde (*vor* mir) hier angerichtet haben, so will ich wenigstens nicht, dass von mir es heiße, ich hätte zum Ruin von Personen beigetragen, denen gegenüber ich die Pflicht, sie glücklich zu machen, in einem besonderen Grade empfinde. Ich halte es für möglich, dass es Ihnen selbst, Madame, eben jetzt am Notwendigsten gebricht, und diese Erwägung ist es, die mich bestimmt, auf der Stelle die Vergütung alles dessen anzuordnen, was unsere Fouragierungen[23] Ihnen gekostet haben. Ich hoffe, dass Sie diese Auszeichnung als ein Zeichen jener Wertschätzung entgegennehmen werden, in der ich verharre, als ihr wohlgewogener Freund Friedrich.»

Frau von Wreech empfing diesen Brief am selben Tage noch, woraus sich schließen lässt, dass sie auf einem der benachbarten Güter Zuflucht gesucht hatte, denn dem Briefe sind von der Hand der Empfängerin die Worte hinzugefügt: «Empfangen am 30. August 1758, in demselben Jahre, in dem ich alles verlor, das ich mein nannte» – oder wie es im Originale heißt: «L'année où j'ai perdu tout ce que j'avais dans le monde pour vivre.»

Diese Worte der Frau von Wreech sind charakteristischer, als sie auf den ersten Blick erscheinen mögen. Der Brief des Königs hatte zweifellos den Zweck, ein Trostbrief zu sein; der Ausdruck seiner Teilnahme, zugleich die Zusage, für alles aufkommen zu wollen, was die Verpflegung *seiner* Truppen gekostet hatte, alles das bezeugt genugsam, dass er aufzurichten wünschte, tatsächlich, aber auch in Worten. Frau von Wreech indessen, unberührt von dem schönen Inhalte des Briefes, scheint nur dem einen bitteren und niederdrückenden Gedanken gelebt zu haben: Ich war reich und bin nun arm; ich konnte geben und helfen und bin nun selber hilfebedürftig.

Es würde gewagt sein, aus der kurzen Notiz: «*das* Jahr, in dem ich alles verlor, was ich mein nannte», so weitgehende Schlüsse auf die damalige Stimmung der Frau von Wreech zu ziehen, wenn nicht die Korrespondenz, die sich von jenem 30. August an zwischen Jugendfreund und Jugendfreundin entspann, keinen Zweifel darüber ließe, von welchen Empfindungen das Herz der freilich schwer heimgesuchten Frau damals ausschließlich erfüllt wurde. Und wenn die Jugendbriefe des Kronprinzen uns mehr mit der Empfängerin in Tamsel als mit dem Küstriner Verfasser sympathisieren ließen, so wendet sich jetzt das Blatt und der *König kommt zu seinem Recht*.

Auch auf die *zweite* Korrespondenz werfen wir noch einen flüchtigen Blick. Sie besteht nur aus *fünf* Briefen und diese wirken neben der Jugendkorrespondenz wie die Billetts eines sich mit Anstand zurückziehenden Ehemanns neben dem Briefpäckchen, das er als Bräutigam geschrieben. Aber sie verlieren dadurch nichts von ihrem Wert. Im Gegenteil. Von verschiedenen Punkten aus datiert, wohin der Krieg den schwerbedrängten König gerade rief, von Dresden, Breslau, Leipzig aus, gereicht jeder einzelne dem Schreiber zu hoher Ehre. Aus ihrem Inhalt ergibt sich, dass Frau von Wreech nicht müde wurde, den König erst um Unterstützung für die verarmten Bauern der Wreechschen Güter, dann um Darlehen für sich selbst zu bitten. Diese Gesuche waren sicherlich dazu angetan, die Geduld des Königs zu erschöpfen, der zum Beispiel einen dieser Briefe kurz nach dem schwer erkauften Siege von Torgau, will also sagen in einem Augenblick empfing, wo die halbe Monarchie ziemlich ebenso verwüstet war wie die Güter der Frau von Wreech; aber seine Antworten zeigen nirgends Ungeduld oder jenen herben Ton, durch den er so schwer verletzen konnte, und selbst da, wo er auf das bestimmteste ablehnt, lehnt er nur ab, weil er *muss*. Er schreibt eigenhändig von Breslau aus: «Madame, Sie stellen sich die Dinge sehr anders vor, als sie sind. Bedenken Sie, dass ich seit einem Jahre weder Gehalte noch Pensionen zahle; bedenken Sie, dass mir Provinzen fehlen, dass andere verwüstet sind; denken Sie an die enormen Anstrengungen, die ich machen muss, und Sie werden einsehen, dass meine Ablehnung nur in der völligen Unfähigkeit ihren Grund hat, Ihnen zu helfen. Sobald die Dinge sich ändern, soll geschehen, was möglich ist.»

Ja, er geht schließlich weiter und bewilligt wirklich eine Summe zu einem Betrage, der nicht genannt wird, dessen Unzureichendheit aber sich mutmaßen lässt, denn die Anfangsworte des Begleitschreibens lauten: «Es tut mir aufrichtig leid, Madame, weder so viel tun zu können, wie ich möchte, noch so viel, wie Sie wünschen. Aber ich habe Ordre gegeben usw.»

Dies sind die letzten Zeilen, die Friedrich nach Tamsel hin richtete. Sie zeigen, wie diese letzten Briefe überhaupt, dass er auch unter den pressendsten Verhältnissen nie vergaß, was er diesem Hause und dieser Frau an Dankbarkeit schuldig war. Er hätte sonst einen ganz andern Ton angeschlagen. Frau von Wreech indes scheint anders empfunden und bis zuletzt die Vorstellung unterhalten zu haben, dass des Königs Benehmen hart überhaupt und speziell hart gegen *sie*, die Genossin, die Freundin seiner Jugend, gewesen sei.

Der Friede kam, das verwüstete Tamsel blühte wieder auf, der alte Feldmarschall mit seinen roten Gamaschen hing wieder an der boisierten[24] Wand, und der Park, schöner werdend von Jahr zu Jahr, füllte sich mit Marmorstatuen. Dem Ruhme des Prinzen Heinrich wurden Tafeln und Obelisken errichtet, jedem einzelnen aus dem Hause der Hohenzollern fiel eine Huldigung zu. Nur dem Größten nicht. Kein Stein, keine Tafel trug damals den Namen König Friedrichs. *Hier*, wo er glücklich gewesen war und vielleicht auch glücklich gemacht hatte, sollte sein Name vergessen sein.

Aber die Zeiten üben Gerechtigkeit. Im Sommer 1795 wurde der jüngste Sohn der schönen Frau von Wreech, zugleich der letzte seines Stammes, in die Kirchengruft hinabgesenkt, und andere Bewohner zogen in Schloss Tamsel ein, andere, die lächeln mochten über den Unmut, der sich unterfangen hatte, den Namen des großen Königs von dieser Stelle ausschließen zu wollen.

Am 31. Mai 1840, am hundertjährigen Jahrestage der Thronbesteigung Friedrichs II., fiel die Hülle von dem Monumente, das Graf Hermann Schwerin dem Andenken des Königs im

Tamseler Parke hatte errichten lassen. Es ist ein Denkstein von 30 Fuß Höhe. Auf der Spitze desselben erhebt sich eine vergoldete *Viktoria*, während der Sockel die Inschrift trägt: Es ist ein köstlich Ding einem Manne, dass er das Joch in seiner Jugend trage.

Unter Beteiligung vieler Tausender aus Dorf und Stadt wurde die Enthüllungsfeier begangen. Ein alter Bauer, als er die Hüllen fallen sah, rief seinem Nachbar zu: «Ick dacht, et süll de olle Fritz sinn, un nu is et sine Fru.»

Der alte Bauer hatte die Wahrheit gesprochen. Waren doch Viktoria und Friedrich immer zu treuem Bunde vereint gewesen. Die Hohenzollern aber, mögen sie nie aufhören, in gleicher Art dem *Siege* vermählt zu sein.

5

Die Mätresse des Königs: Julie von Voß

Dass Julie von Voß in den *Wanderungen* porträtiert wurde, verdankt sie einem prominenten männlichen Zeitgenossen: König Friedrich Wilhelm II., dessen Mätresse sie war. Fontane platzierte ihr Porträt, entsprechend seinem topografischen Ansatz, im Kapitel «Buch» des *Spreeland*-Bandes. Julie von Voß (1766–1789) ist in Buch geboren und beigesetzt worden. Der Wanderer besuchte Buch, heute ein Stadtteil im Nordosten Berlins, zusammen mit seinem Verleger Wilhelm Hertz vom

16. auf den 17. Juni 1860. Die Reiseroute, die Fontane für diese Wochenend-«Partie» geplant hatte, sah vor: «Kein Aufenthalt in Pankow und Schönhausen, sondern gleich weiter» [F-HERTZ, S. 12; BRIEF VOM 14.6.1860].

Dabei ist gerade Schönhausen der Ort, an dem Julie von Voß 1784 den preußischen Kronprinzen, den späteren König Friedrich Wilhelm II. (1744–1797), kennenlernte. In Schönhausen, das heute zum Berliner Ortsteil Niederschönhausen gehört, befindet sich das Schloss Schönhausen, die Sommerresidenz der verschmähten Ehefrau Friedrichs II., Königin Elisabeth Christine. Der Kronprinz hatte ein inniges Verhältnis zu seiner Tante Elisabeth Christine, an deren Hof Julie von Voß seit 1783 als Hofdame tätig war.

Als das «Buch»-Kapitel im ersten *Wanderungen*-Band (1862) erschien, war Julie von Voß Fontane nur eine Fußnote wert. Darin erklärt der Autor zwar, er müsse die Beziehung zum König «als bekannt voraussetzen» [F-RUPPIN, 1862, S. 246]; tatsächlich fehlte ihm für eine anschauliche Beschreibung Material, das er erst zwanzig Jahre später erhalten sollte. Offenbar wollte er auch nicht, wie bei den Geliebten des Kronprinzen Friedrich, faktische Lücken mit poetischem Kitt schließen.

Die Fußnote zu Julie von Voß findet sich im Kontext von Fontanes Rundgang durch die Bucher Schlosskirche. Unter der Kuppel, inmitten der Kirche, bemerkten die Besucher eine Vertiefung. «Wir stehen in der Tat an einem Grabe. Hier an dieser unscheinbaren Stelle wurde die schöne *Julie von Voß*, bekannt unter dem Namen Gräfin Ingenheim, in aller Stille beigesetzt.» [F-RUPPIN, 1862, S. 246 f.] An dieser Stelle wurde während der beiden umfangreichen Sanierungen der Kirche (1950–1953 und 1995–2000) jedoch kein Sarg gefunden. Vermutlich ist sie im

Bucher Schlosspark beerdigt. Dort wurde ihr zu Ehren ein Denkmal errichtet, das nach dem Zweiten Weltkrieg verschwand. Fontane hat das Relief bei seinem Besuch 1860 in seinem Notizbuch gezeichnet. [F-NB, A11]

In die Fußnote selbst nimmt Fontane nur wesentliche Eckdaten der Beziehung zwischen dem König und seiner Mätresse auf sowie das nicht bewiesene Gerücht, Julie sei von ihrer Konkurrentin, Wilhelmine Encke, die der Form halber den Kammerdiener Johann Friedrich Rietz geheiratet hatte und später zur Gräfin Lichtenau erhoben wurde, vergiftet worden. [VGL. F-RUPPIN, 1862, S. 246 f.]

Zwanzig Jahre später gelang Julie von Voß der Aufstieg von der Fußnote in den Haupttext. Als Fontane Anfang der 1880er-Jahre seinen vierten *Wanderungen*-Teil konzipierte, wanderte das «Buch»-Kapitel aus der *Grafschaft Ruppin* in den Band *Spreeland* (1882). Zuvor hatte Fontane, wie er im Vorwort erklärt, einige ältere Kapitel «einer eingehenden Umarbeitung unterzogen», weil er «tatsächlich Neues» zu bieten habe. Das gelte vor allem für das «Buch»-Kapitel, «wo die mittlerweile publicirten Tagebücher der Gräfin [Sophie] Voß, geb. v. Pannewitz, einen völligen Umguß der alten Form erheischten» [F-SPREELAND, S. V f.]. Die seit 1876 vorliegenden Tagebücher der Tante Julies für den Zeitraum von 1745 bis 1814, konkretisiert Fontane in seiner Überleitung zum «Julie von Voß»-Abschnitt, ermöglichten eine «Darstellung ihres Lebens oder doch wenigstens ihrer Beziehungen zu König Friedrich Wilhelm II.» [F-SPREELAND, S. 176]

Ungeachtet dessen klärt Fontane den Leser in *Spreeland* über ihren Vornamen auf – und sorgt erneut für Verwirrung: «Nach dem Kirchenbuche zu Buch wird sie jedoch nicht Julie von Voß, sondern Elisabeth *Amalie* [im ersten *Wanderungen*-Band (1865) schreibt Fontane: Amélie] von Voß genannt.» Korrekt steht in der Geburtsurkunde jedoch «Amalia». Als «Julie» wird sie öffentlich vermutlich erst aufgrund der 1876 publizierten Tagebücher der Gräfin Sophie von Voß bezeichnet. Warum die Tante ihre Nichte Julie nennt, ist unklar.

Auch sonst ist Vorsicht geboten, weil Fontane die Sichtweise der Tante unkritisch wiedergibt und keine andere Perspektive gegenüberstellt. Beispielhaft sei das an der Beschreibung Julies verdeutlicht: Während ihre Tante Sophie sie in dem von Fontane zitierten Tagebuchauszug als «eine Schönheit im Genre Tizians, schlank und voll zugleich, von schönen Formen und feinen Zügen, blendend, aber von einer marmorähnlichen Blässe» beschreibt, ist sie für Prinzessin Luise Radziwill keine schöne Erscheinung, sondern «entstellt von einer häufig geröteten Nase und einer auffallenden Unbeholfenheit».

Die Hrsg.

Julie von Voß

Julie von Voß, Tochter des Geheimen Justizrats und ehemaligen Gesandten am Königlich dänischen Hofe, Friedrich Christoph Hieronymus von Voß, Herrn auf Buch, Karow usw., wurde den 24. Juli 1766 zu Buch geboren.*

Über ihre Jugend und Erziehung verlautet nichts und wir hören erst von ihr, als sie 1783 auf den Wunsch der alten Königin Elisabeth Christine, Gemahlin Friedrichs des Großen, an den Schönhauser Hof eben dieser alten Königin kam.

Julie von Voß war eine Schönheit im Genre Tizians, schlank und voll zugleich, von schönen Formen und feinen Zügen, blendend, aber von einer marmorähnlichen Blässe, die noch durch ein überaus reiches rötlich blondes Haar gehoben wurde. Bei Hofe hatte sie den Beinamen Ceres, sehr wahrscheinlich

* Nach dem Kirchenbuche zu Buch. In eben diesem Kirchenbuche wird sie jedoch nicht Julie von Voß, sondern Elisabeth Amalie von Voß genannt. Diese Namen finden sich zweimal vor, bei Gelegenheit ihrer Geburt (1766) und ihres Todes (1789). Woher es kommt, dass sie trotzdem als Julie von Voß fortlebt, ist bis zur Zeit nicht aufgeklärt. Ich würde, gestützt auf das Kirchenbuch, im Texte den Namen *Amalie* wieder hergestellt haben, wenn sich nicht in den Tagebuchblättern ihrer Tante, der Oberhofmeisterin, der Name *Julie* beständig wiederholte.

um dieses üppigen goldenen Haares willen, in dessen Schmuck auch die Bilder* sie darstellen, die noch von ihr erhalten sind.

Es passte zu dieser ihrer Erscheinung, dass sie eine Vorliebe für alles Englische und eine Abneigung gegen alles Französische hatte, was ihr denn auch seitens der französischen Memoirenschriftsteller jener Epoche, Mirabeau an der Spitze, nachgetragen wurde. Der ihr oft gemachte Vorwurf der «Anglomanie» traf sie jedoch durchaus nicht; sie vermied es nur nach Möglichkeit, sich der damals allgemein üblichen französischen Sprache zu bedienen.

Der Prinz von Preußen, später König Friedrich Wilhelm II., zeigte sich allem Anscheine nach gleich vom ersten Augenblick an enchantiert[25], denn schon wenige Monate nach dem Erscheinen Juliens am Hofe begegnen wir im Tagebuch ihrer Tante den folgenden Aufzeichnungen.

1784 und 1785

«Julie gefällt dem Prinzen mehr als mir lieb ist. Er spricht viel von ihr. Ich fürchte, sie ist nicht unempfindlich für seine Bewunderung, und sie wird sich durch ein solches Gefühl nur

* Eins dieser Bilder befindet sich im Schloss zu Buch, ein anderes im Ingenheimschen Schlosse zu Seeburg, im Mansfelder Seekreise. Ein drittes Bild, in Pastell ausgeführt, besaß eine vor kurzem in dem hohen Alter von über neunzig Jahren verstorbene Frau von Häseler. Im Hause derselben hab' ich es oft gesehen. Die Gräfin trug auf demselben ein Morgenkostüm, eine Art Tüllspenser mit vielen krausgetollten Kragen. Durch die Fülle blonden Haares zog sich ein schwarzes Samtband. Augen und Teint sehr schön. Dies Porträt rührte von Frau von Sydow, einer Freundin der Ingenheim, her.

selbst unglücklich machen.» Einige Wochen später: «Die Prinzessin von Preußen ist eifersüchtig auf Julie.» Endlich im Dezember 84: «Ich hatte eine längere Unterredung mit dem Prinzen und hielt ihm sein Unrecht vor, Julie mit seiner Leidenschaft zu verfolgen; ich sagte ihm, dass er sie dadurch nur unglücklich machen werde, ja, ich sagte ihm meine *ganze* Meinung und die *ganze* Wahrheit mit allem Ernst. Er versprach mir sein Benehmen zu ändern und alles zu tun, was ich wollte. Er hatte später noch eine Explikation mit Julie selbst und ich weiß, dass sie ihm Vorwürfe gemacht hat und mit Recht, dass er ihrem Ruf auf eine unverzeihliche Weise schade. Auch kam er sehr traurig und niedergeschlagen von ihr zurück. Ich sagte ihm noch einmal ernstlich, er müsse dieser Sache ein Ende machen und er gelobte es mir.»

Eine gewisse Zeit scheint der Prinz sein Versprechen auch wirklich gehalten zu haben, aber nicht auf lange. Schon im Frühjahr 85 ist die Oberhofmeisterin aufs neue beunruhigt und schreibt: «Der Prinz spricht wieder mehr mit Julie; das muss aufhören. Im Grunde fürcht' ich vor allem, dass sie selbst sich innerlich nicht recht von ihm frei machen kann.» Und einige Wochen später: «Der Prinz kommt ewig zur *alten* Königin nach Schönhausen und ich weiß, das alles geschieht doch nur wegen Julie. Ich besorge, er gibt sie noch nicht ganz auf und sinnt nur darüber nach, ob es gar keine Hoffnung mehr für ihn gebe. Wenn nur nicht, trotz aller seiner Versprechungen, diese Sache sich doch noch zum Unheil wendet! Man müsste Julie durchaus vom Hofe entfernen.»

Das Jahr 86 war das entscheidende. Hier sind auch die Tagebuchaufzeichnungen am zahlreichsten. Es werden wiederholentlich von seiten des Prinzen Rückzugsversprechungen gemacht, aber nur um sie gleich darauf durch die Tat zu widerlegen.

März 86. «Der Prinz tut mir leid; aber trotz seiner Leidenschaft für Julie macht er sich doch von der Liaison mit seiner sogenannten Freundin (der Rietz, späteren Lichtenau) nicht los. – Der Prinz ist unglaublich zerstreut; seine Neigung nimmt seine Gedanken ganz gefangen. – Der Prinz kam zum Diner nach Schönhausen und schien nichts zu sehen als Julie. – Ich habe das Gefühl, als finge die Sache da wieder an, wo sie mit Mühe zum Abschluss gekommen war.»

April 86. «Der Prinz kam zu Tische, nachher machte er es möglich mit ihr zu sprechen. Nach einigen Worten verlor sie die Fassung und brach in Tränen aus. Ich verstehe das alles nicht mehr. – Der Prinz weiß sich nicht recht zu beherrschen, er ist eifersüchtig und aufgeregt, sobald Julie einmal nicht da ist oder sich ihr jemand nähert. – Ich habe den Prinzen an das erinnert, was er seit einiger Zeit zu vergessen scheint, und er versprach es von neuem. Er ist doch sehr gut! Gott gebe, dass es so bleibt, wenn er erst König ist.»

Mai 86. «Der arme Prinz, er ist schrecklich unglücklich. Heute kam er wieder und als er Julie sah, schien er so glücklich! – Der Prinz kommt ewig zur Königin; was soll man tun? Es wird immer schlimmer mit ihm, und Julie dauert mich furchtbar. – Mir scheint seine Leidenschaft täglich zu steigen. Er kommt jetzt oft für den ganzen Tag nach Schönhausen und hat nur das einzige im Kopf. –»

Die Oberhofmeisterin, davon ausgehend, dass eine Trennung vielleicht helfen werde, setzte nunmehr einen dreimonatlichen Urlaub für ihre Nichte durch und diese verließ Berlin. Aber es führte zu nichts. Der Prinz und Julie korrespondierten, und als der Urlaub abgelaufen und Julie wieder zurück war, schrieb die Oberhofmeisterin in ihr Tagebuch: «Es ist alles beim alten.»

Diese Notiz ist vom 15. August 1786. Zwei Tage später starb Friedrich und der Prinz von Preußen war nun *König*. Huldigungen, Feste, Geschäfte dringen auf ihn ein, aber seine Gefühle für Julie von Voß bleiben dieselben. Schon eine Woche nach dem Regierungsantritt verkehrt er wieder in Schönhausen und setzt seine Bewerbungen fort.

August 86. «Der *König* kommt so oft er kann zur Königinwitwe nach Schönhausen und geht dann mit Julie im Garten spazieren. Sie ist still und zurückhaltend, was mich freut und in etwas beruhigt. – Die Prinzessinnen tun dem König einen sehr unerlaubten Gefallen, indem sie ihn immer mit Julie zusammenbringen. Sie schicken die Königin voraus und beschäftigen sie, nur damit er mit meiner Nichte gehen und mit ihr sprechen kann. Das ist ein schlechtes Spiel. – Der König hat der Prinzessin Friederike eine Zulage und ihr außerdem noch die kleine Viereck zur Hofdame gegeben, einzig und allein um Julien eine Freude zu machen, deren Freundin sie ist.»

Oktober 86. «Der König kam und wollte mit mir sprechen, aber er ist so ganz voll von dem einzigen Gedanken, dass er nichts weiter hört und sieht. Ich gestehe, dass ich jetzt alle Geduld mit ihm verliere und diesen Zustand unerlaubt und unverzeihlich finde. – Die Königin will gern in die Stadt zurück; der König will aber, sie soll noch in Schönhausen bleiben, bloß wegen seiner geliebten Spaziergänge mit Julie. Ich bin ganz ratlos und unglücklich über dies immer erneute Anknüpfen einer ganz unmöglichen Sache!»

November 86. «Alles bemächtigt sich dieser unglücklichen Angelegenheit; so möchte man, um nur eins zu nennen, Julie zum Schein verheiraten. Es ist schrecklich, wie *alles* bemüht ist, sie zu ihrem Verderben zu drängen. Sie tut mir furchtbar leid. – Ich seh' es jetzt deutlich, sie liebt den König trotz all ihres Leugnens; sie kann nicht mehr von ihm lassen und ist, was auch geschehen mag, nicht mehr von ihm loszureißen. Es grämt mich schrecklich. – Heute kam er en surprise[26] zum Essen. Er verfolgt seinen Zweck ohne Rast und Ruh. – Ich fürchte den Einfluss dieser ewigen Gespräche des Königs mit ihr, er will und will sie bestricken und immer setzt er sich an ihren Tisch. Das missfällt mir ganz unbeschreiblich von ihm. – Meine arme Nichte hat mir ihr Herz ausgeschüttet; ach, ich fürchte, es ist eine unaufhaltsame Sache. – Der König geht heute nach Potsdam. Er kam vorher zu uns und war unruhig, weil er Julie nicht zu sehen bekam. Er liebt sie toller und leidenschaftlicher als je.»

Dezember 86. «Nach Tisch sprach der König lange mit meiner Nichte; ach, ich fürchte, es nimmt ein trauriges Ende für sie und für die Ehre der Familie. – Ich hab' es immer und immer gesagt: man hätte sie nicht bei Hofe lassen sollen. – Der König kompromittiert sich aufs höchste. Um seiner selbst willen möchte' ich, er könnt' ein Mann sein und sich besinnen. – Wie immer setzt der König sich beim Tee neben Julie; könnte dies ewige Beisammensein doch abgewendet werden. – Mit dem König in der Kirche. Die Predigt von

Spalding war so schön, so ganz wie für meine Nichte gemacht. Aber es scheint, sie will nichts mehr hören, was sie zur Pflicht zurückruft. Ich habe keinen Einfluss mehr auf sie. Die Kannenberg* lässt sie gewähren, die ihr am nächsten steht, und ich habe leider nicht das Recht und die Macht einzugreifen. – Julie scheint sehr traurig; ihr Bruder ist angekommen und hat wohl noch einen letzten Versuch gemacht, ihr ins Gewissen zu reden. – Der König scheint nur glücklich zu sein, wenn er sie sieht. Wo sie ist, sieht er niemand als sie, spricht nur mit ihr und hat nichts anderes mehr im Kopf als seine Leidenschaft. Ich sehe die Sache dem schlimmsten Ende mit Gewalt zugehen, muss dabei stehen und kann sie nicht aufhalten. – Auch die Prinzessin Friederike scheint jetzt das nahende Unglück zu ahnen und ist sehr traurig. Sie ist jetzt zwanzig Jahr alt und steht dem Vater am nächsten. Sie fühlt ganz wie seine und unsre Ehre bedroht ist. – Der König klagte mir, meine Nichte behandle ihn schlecht; er sei fast mit ihr brouilliert[28]; aber dennoch spricht er leider immerfort mit ihr. – Er saß allein mit ihr im Kabinett der alten Königin; sie scheint in Wahrheit *nicht* mehr sehr grausam zu sein; das empört mich und Gott allein weiß, wie unglücklich und trostlos ich über diese Sache bin. – Sack predigte heute schön, aber schwermütig. Die Sache mit Julie, und die Wendung, die sie nimmt, zehrt an ihm. – Heut war Hofkonzert. Der König verließ das Konzert, um zur kranken Prinzessin zu gehen, weil meine Nichte dort war. Die Leidenschaft lässt ihn alles

* Gräfin Kannenberg war die fungierende Oberhofmeisterin, während Frau von Voß, zu dieser Zeit wenigstens, nur in ihrer Eigenschaft als Gemahlin des Oberhofmeisters par courtoisie[27] diesen Titel führte.

andere vergessen und jede Rücksicht verlieren. – Das Benehmen des Königs ist unverzeihlich. Immer verfolgt er sie mit den Augen und spricht nur mit *ihr*. Es wäre besser, sie verließe auch jetzt noch den Hof. – Gott weiß, bis zu welchem Grade es mich bekümmert und grämt, den König auf dem direkten Wege zu einem so großen Unrecht zu sehn, zu einem Unrecht, das unsere Familie überdem so entehrt. – Heute kam nun endlich, was ich lange gefürchtet hatte: meine Nichte warf sich in meine Arme, um mir zu sagen, dass ihr Schicksal entschieden sei; sie wolle dem König angehören, aus Pflicht für ihn und aus Liebe zu ihm. Ich gesteh', ich finde sie so furchtbar zu beklagen, dass ich kein Wort mehr habe, sie zu verdammen; sie wird bald genug namenlos unglücklich sein, denn ihr Gewissen wird sie nie mehr Ruh und Frieden finden lassen.»

So zogen sich die Dinge noch eine Weile hin. In den Tagebuchblättern immer dieselben Klagen. Eine Zeitlang spielte der König den Gleichgültigen oder war es wirklich, und ein Eifersuchtsgefühl, das dadurch in des Fräuleins Seele geweckt wurde, beschleunigte den Liebesroman. Sie zeigte sich von dieser Zeit an weniger ablehnend und drang nur noch auf Erfüllung einzelner Bedingungen. Diese Bedingungen waren:

* In der Regel wird bei dieser Gelegenheit versichert, diese «Trauung sei seitens des *Berliner Konsistoriums* und zwar unter Berufung auf die von Melanchthon erlaubte Doppelehe Philipps des Großmütigen von Hessen für zulässig erklärt worden.» Die stete Wiederkehr dieser Versicherung hat den Konsistorialpräsidenten Hegel veranlasst, unterm 27. April 1876 eine Erklärung abzugeben, in der ausgesprochen wird, «dass weder die gründlichsten Recherchen in der Registratur des Königlichen Konsistoriums, im Geheimen Staats-Archiv, im geheimen Ministerial-Archiv und Königlichen Haus-Archiv, noch auch anderweite Forschungen und Erkundigungen irgend etwas

die regierende Königin gibt ihre schriftliche Einwilligung zu der Verbindung; zweitens Antrauung zur linken Hand und drittens, die Rietz samt ihren Kindern verlässt Berlin für immer. In die beiden ersten Punkte willigte der König sofort, aber den dritten Punkt wollt' er nicht zugestehn. Die Rietz blieb. Am 25. oder 26. Mai 1787 erfolgte die Trauung zur linken Hand und wurde wahrscheinlich durch Johann Friedrich Zöllner, damals Diakonus an St. Marien, in der Charlottenburger Schlosskapelle vollzogen.*

1787

Juni 87. «Meine Nichte sagte mir heute unter Tränen, seit acht Tagen sei sie mit dem Könige *heimlich getraut*, bat mich aber, es zu verschweigen. Es betrübt mich tief und ich kann mich mit dem besten Willen eines Gefühls von Abscheu und Widerwillen gegen eine Sache nicht erwehren, die so unerlaubt ist, man mag an Scheingründen dafür angeben, was man will. Ihr Gewissen wird es ihr schon genugsam sagen und wird nicht wieder ruhig werden. – Sie hat lange widerstanden, aber sie liebt den König leidenschaftlich, und nachdem sie ihm ihr

zur *Begründung obiger Ansicht* (Gutheißung der Trauung durch das Konsistorium) ergeben haben.» Es lässt sich in der Tat annehmen, dass Leopold von Ranke das Richtige getroffen hat, als er in seinem Werke: «Die deutschen Mächte und der Fürstenbund. Deutsche Geschichte von 1780–1790» wörtlich sagte: «In neueren Zeiten ist die Behauptung aufgetaucht, das Konsistorium habe in aller Form seine Einwilligung zu dieser Verbindung ausgesprochen; vergeblich hat man nach einem Aktenstück dieser Art gesucht; *wahrscheinlich ist dabei der Kreis privater Besprechung nicht überschritten worden*.»

Herz gegeben hatte, ließ sie sich vollends von ihm überreden. Trotz ihres schweren Fehltritts bleibt sie dennoch ein edler, der Achtung nicht unwerter Charakter, und ich weiß wohl, sie ist zu rechtschaffen, als dass sie nach einem solchen Fall jemals wieder glücklich sein könnte.»

August 87. «Der König ist nach Schlesien abgereist und Julie sagt mir, sie wolle morgen nach Berlin, um zu kommunizieren, dann zu ihren Verwandten auf das Land gehen, von dort aus aber um ihre Entlassung bitten und nicht wieder kommen. Sie könne es nicht länger aushalten, auf diese Art weiter zu leben. Eben dasselbe hat sie dem Könige geschrieben. – Julie reiste heute ab, was mich sehr ergriff. – Sie schreibt, dass sie sich eine Stiftsstelle kaufen wolle, und bittet um vierzehn Tage Nachurlaub. Die alte Königin weiß nicht, was sie davon denken soll. Trotz allem Vorgefallenen ahnt sie nichts. – Ich sah heute Julien in Berlin; sie hatte Antwort vom König, der sehr zufrieden damit ist, dass sie den Hof verlassen will. Aber das Ganze bleibt doch schrecklich traurig und das arme Kind jammert mich sehr. – Ich fürchte, die Enke (Rietz-Lichtenau) wird Julie noch viel Kummer bereiten. Julie ist heute mit ihren Verwandten aufs Land abgereist. Am Hofe ahnt man nicht, dass sie nicht wieder kommt.»

September 87. «Ein heut eingetroffener Brief meiner armen Nichte an die Königinwitwe bittet um ihren Abschied und sagt: ‹sie habe eine Stelle im Stift Wolmirstedt gekauft.› Die Königin gewährte die Entlassung sogleich und nahm es sehr gut auf. Julie hat auch an die Kannenberg geschrieben. Gräfin Kannenberg las mir den Brief meiner Nichte vor, in welchem sie zu verstehen gibt, *warum* sie geht. Die Kannenberg ist ihre Tante und jammert nun sehr. Aber ich wiederhole nur das eine:

man hätte sie retten *können*, wenn man es zur rechten Zeit gewollt hätte. All mein Reden damals war aber umsonst. – Meine Nichte schreibt mir aus Brandenburg: sie gehe den 9. nach Potsdam und bäte Gott ihr beizustehn in dem neuen Leben, das sie erwarte. Gott wolle sich ihrer annehmen; es ist ein schwerer Schritt, den sie jetzt tun muss, die Sache vor der Welt zu bravieren[29].»

November 87. «Julie hat den Namen einer Gräfin Ingenheim bekommen.»

Sie war nun Gräfin Ingenheim. Aber es war dadurch wenig für sie gewonnen, trotzdem man sie, dem Könige zuliebe, mit Auszeichnungen überschüttete. Bitterkeiten gingen nebenher. «Die Arme schreibt mir: sie fühle sich sehr unglücklich. Die Enke tut ihr tausend Herzleid an und hat denselben Einfluss wie früher auf den König.»

Dezember 87. «Julie ist unwohl und kann das Bett nicht verlassen, die Prinzessin Friederike und die Prinzessin von Braunschweig haben mit dem König in ihrem Zimmer an ihrem Bett gegessen. Das ist doch stark! –»

1788

Januar 88. «Ball beim König, wo der Kronprinz Julie zum ersten Mal als Gräfin Ingenheim sah, was für beide ein sehr unangenehmer Augenblick war. Die Unglückliche, welche peinliche Stellung für sie. – Alle Höfe (es gab deren, außer dem eigentlichen, wenigstens noch vier: den der alten Königin, der regierenden Königin, des Prinzen Heinrich, des Prinzen Ferdinand) sehen sie. Sie ist überall. Ich begreife das nicht.»

Februar 88. «Die alte Königin hatte großes Diner und frug den König, ob sie die Ingenheim einladen solle? Natürlich sagte er ja, und so kam sie zum Diner. Ich finde es höchst unrecht von der Königin, sie einzuladen, bloß um dem Könige damit zu schmeicheln. Abends aber spielte sie doch nicht Lotto mit den Herrschaften, sondern mit dem Hofstaat im vorderen Zimmer. Bei Tafel wurde sie dem König gegenübergesetzt. – Die alte Königin lud *wieder* die Ingenheim ein. Ich finde, sie benimmt sich in dieser Sache so unwürdig und schwach wie nur möglich.»

In den letzten Tagen des Jahres (am 21. Dezember 88) heißt es: «Die Ingenheim bat mich sehr, ihr in der nun nahen Stunde beizustehn. Auch der König bat mich den folgenden Tag darum, und ich brachte es nicht übers Herz nein zu sagen.»

1789

Am 2. Januar 1789 genas die Ingenheim eines Sohnes. Der König war sehr erfreut. Unterm 4. Januar heißt es im Tagebuch: «Das Kind wurde heute getauft. Der König hielt es selbst über die Taufe und es empfing den Namen Gustav Adolf Wilhelm. Juliens Bruder (der spätere Minister), der Minister von Bischofswerder und ich waren die Paten. Der König selbst war fast den ganzen Tag bei der Kranken. Es ist wahr, er ist wirklich der beste Prinz, den man auf der ganzen Welt finden kann. Leider nur, dass er so willensschwach, so ohne Energie und zuweilen so heftig ist.»

Im Anfang ging alles gut mit der jungen Wöchnerin; aber sie schonte sich nicht genug, verließ das Bett zu früh und erkältete sich aufs heftigste. Dabei war der Einfluss der Rietz ihre beständige Sorge, trotzdem es nicht an Aufmerksamkeiten und Geschenken von seiten des Königs fehlte. So sandte er ihr ein kleines Etui mit 50 000 Talern und sein mit den schönsten Brillanten besetztes Porträt. Zum 5. Februar war eine große Cour[30] angesagt und Julie wollte dabei nicht fehlen. «Ich fürchte, dass sie sich schadet», schreibt die Oberhofmeisterin am selben Tage. Am 24. Februar heißt es dann: «Julie hat Fieber und Husten» und schon am 5. März: «Ich kann nicht sagen, wie weh es mir tut. Man fürchtet die galoppierende Schwindsucht. Der König ist außer sich.» Am 25. starb sie. «Welch ein Tag des Unglücks! Um 8 Uhr abends verschied die arme Julie. Kein Mensch ahnte die nahe Gefahr. Ich ging erst am Abend zu ihr, aber die Prinzessin Friederike, die bei ihr war, redete mir ab, ‹sie sei zu angegriffen.› Und so hab ich sie nicht mehr gesehen. Ich beweine sie recht von Herzen und alle beweinen sie mit mir. Es ist furchtbar rasch gegangen. Sie starb im Schloss, in demselben Zimmer, in dem ihr Kind geboren wurde.»

Der König war in Verzweiflung und konnte sich nicht trösten und beruhigen. Auch gebrach es nicht an allgemeiner Teilnahme, ja das Volk wollte sich's nicht ausreden lassen, dass sie durch ein Glas Limonade vergiftet worden sei, weshalb der König, als er von diesem Verdachte hörte, die Obduktion befahl: Diese bewies die Grundlosigkeit des Gerüchtes; ihre Lunge war krank und daran war sie gestorben.

Am 1. April erfolgte die Überführung der Leiche nach Buch. Ihr letzter Wunsch war gewesen, «nicht in der *Mumien*gruft der Familie beigesetzt zu werden», und so bereitete man ihr das Grab unter der Kirchenkuppel, in der Nähe des Altars.

Überall in Buch begegnet man den Spuren der schönen Gräfin, *aber nirgends ihrem Namen*. Wie in Familien, wo das Lieblingskind starb, Eltern und Geschwister übereinkommen, den Namen desselben nie mehr auszusprechen, so auch hier. Eine Gruft ist da, aber es fehlt der Stein; aus reichem goldenen Rahmen heraus blickt ein Frauenbild, aber die Kastellanin nennt den Namen nicht, und nur das Wappen zu Füßen des Bildes gibt einen wenigstens andeutungsweisen Aufschluss.

Und nun treten wir von dem Bilde hinweg und noch einmal in den Park hinaus.

Eine seiner dunklen Alleen führt an einen abgeschiedenen Platz, auf dem Edeltannen ein Oval bilden. Inmitten desselben erhebt sich ein Monument mit seinem Reliefbild in Front: der Engel des Todes hüllt eine Sterbende in sein Gewand und ihr Antlitz lächelt, während ein Kranz von Rosen ihrer Hand entsinkt.

«Soror optima, amica patriae»,[31] so lautet die Inschrift. Aber der Name der geliebten Schwester fehlt.

6

Königin der Herzen: Luise von Preußen

Denkmäler, Tempel, Obelisken und Büsten – die Formen des Gedenkens an die populäre Königin Luise sind vielfältig und häufig nicht frei von Kitsch. «Das Luisen-Denkmal zu Gransee hält das rechte Maß: es spricht nur für sich und die Stadt und ist rein persönlich in dem Ausdruck seiner Trauer», befindet Fontane in den *Wanderungen*. «Und deshalb rührt es.» Das von Karl-Friedrich Schinkel geschaffene Monument machte Gransee über die Ruppiner Grenzen bekannt. Dabei war die Begegnung zwischen Königin Luise von Preußen (1776–1810) und der märkischen Stadt ein Zufall der Geschichte. Nachdem die vierunddreißigjährige Luise am 19. Juli 1810 überraschend im väterlichen Schloss zu Hohenzieritz gestorben war, wurde ihre Leiche sechs Tage später in glühender Sommerhitze über Gransee nach Berlin überführt. «In allen Ortschaften, welche von dem Zuge berührt wurden, wie auch in allen denen, welche bis auf eine Meile von der Landstraße entfernt lagen, wurde mit allen Glocken geläutet. So schritt man auf Gransee zu», wo der Leichenzug am 25. Juli eintraf und über Nacht Station machte.

Die Stadt, heute im Landkreis Oberhavel gelegen, gehörte zu den Orten, die der Wanderer in die dritte Auflage des ersten *Wanderungen*-Bandes (1875) neu aufnahm. Für die geplante Überarbeitung reiste Fontane wieder ins Ruppiner Land. Nach Gransee kam er im September 1873 [VGL. F-NB, A2] sowie im Frühjahr 1874. Bei seinem zweiten Aufenthalt musste er unplanmäßig übernachten. «Heute Mittag bin ich [...] hier eingetroffen, in der Absicht meine Reise nach Ruppin fortzusetzen. Es ging aber weder Post noch Omnibus», schrieb er seiner Frau Emilie am 23. April 1874. Fontane war über diesen Zwangsaufenthalt, der «12 Stunden» andauerte, nicht unglücklich: «Mein Gransee-Kapitel hat nämlich verschiedene Lücken, die auszufüllen immer mein Wunsch war; dazu bot sich nun gegen Erwarten die Gelegenheit» [F-EMILIE, BD. 3, S. 12].

Das Denkmal erhielt ein eigenes Unterkapitel. Nirgendwo sonst in den *Wanderungen* räumt Fontane der berühmten Königin mehr Platz ein. Sie wird zwar in jedem Band mehrmals erwähnt, aber nicht porträtiert. Die wichtigsten Eckdaten zum Denkmal hielt Fontane auf sechs Notizbuchseiten fest. Über einer kleinen Skizze vermerkte er ein Detail, das er nicht in den gedruckten Text übernahm: «Die Leiche stand hart an der Straße. Das Denkmal immer an dieser Stelle.» Es wurde «zurückverlegt i. d. M.» [F-NB, A21]. Zurückverlegt in die Mitte des Platzes – auf dem der Sarg aufgestellt und der zunächst in Luisen-Platz, später in Schinkelplatz, umbenannt wurde.

Die Granseer Bürgerschaft hatte bei Friedrich Wilhelm III. in Erinnerung an die nächtliche Aufbahrung der Königin die Errichtung eines Denkmals beantragt. Der König genehmigte es, bewilligte aber keine Gelder. Daraufhin startete Landrat von Zieten aus Wustrau eine der erfolgreichsten Spendensammlungen des Ruppiner Landes. Mit 2000 Talern konnte der Kreis nun klotzen statt kleckern. Der umtriebige Landrat hatte Kontakte zur Königlichen Preußischen Eisengießerei in Berlin, die ihn vermutlich an Schinkel vermittelte. Nachdem der König Schinkels Entwurf für ein gusseisernes Denkmal genehmigt hatte, wurde es umgehend gebaut und am 19. Oktober 1811 eingeweiht. Es überlebte – vermutlich dank Schinkel – alle Denkmalstürze des 20. Jahrhunderts und wurde von 1995 bis 1997 mittels einer vollständigen Demontage aufwendig restauriert.

Die Hrsg.

Das Luisen-Denkmal

O welche Reise!
Wie traurig leise
Durchzogen wir der schwarzen Fichten Nacht.
Es fielen unsre Tränen in den Sand;
Sie gab einst Schönheit diesem Land.

Achim von Arnim[32]

Eh ich das Denkmal selbst beschreibe, geb' ich die *Situation*.

Am 19. Juli 1810 neun Uhr früh war die Königin zu Hohen-Zieritz gestorben. Die Leiche verblieb daselbst noch sechs Tage. Am 24. wurde sie in Silberstoff gekleidet und in einem schwarz drapierten Zimmer in Parade ausgestellt. Am 25., in glühender Sonnenhitze, begann die Überführung; Gransee sollte an diesem Tage noch erreicht werden. So war der Zug:

Oberstallmeister von Jagow und Schlosshauptmann von Buch;
herzoglich mecklenburgisches Forstpersonal;
Détachement mecklenburgischer Kavallerie;
mecklenburgischer Hofstaat samt den Strelitzischen Ministern;

der Herzog Karl von Mecklenburg (jüngster Bruder der Königin) und der Oberhofmeister Baron von Schilden;
der auf Federn ruhende, an den inneren Seiten mit Polstern versehene Leichenwagen;
die Oberhofmeisterin Gräfin von Voß;
zwei preußische Kammerherren;
die Kammerfrauen der Königin;
Détachement mecklenburgischer Kavallerie.

An der preußischen Grenze, bei Fischerwall, dort, wo jetzt am Rande des Waldes ein einfacher Denkstein steht, wurde der Trauerzug von der Leibeskadron des Regiments Garde du Corps, von dem Landrat des Ruppiner Kreises, späterem Grafen von Zieten, und einer Deputation der Ritterschaft erwartet. In allen Ortschaften, welche von dem Zuge berührt wurden, wie auch in allen denen, welche bis auf eine Meile von der Landstraße entfernt lagen, wurde mit allen Glocken geläutet. So schritt man auf Gransee zu. Hier war bereits vorher, von Berlin aus, ein gotisch verziertes, mit schwarzem Tuch bekleidetes Langzelt eingetroffen, das man mit Hilfe von Vorhängen in drei Abteilungen geteilt hatte. In der vordersten standen die Wachtposten der Garde du Corps, in der zweiten der Leichenwagen; in der dritten befanden sich die Personen des Hofes.

An der Stadtgrenze von Gransee, bei der sogenannten Baumbrücke, wurde der Zug von den städtischen Behörden empfangen und auf jenen oblongen Platz geleitet, der jetzt den Namen «*Luisen-Platz*» führt. Die Stelle, wo der Leichenwagen inmitten des Zeltes stand, ist bis heute durch ein paar eiserne Fackelhalter (hart links neben der Straße) markiert. Am 26. Juli früh setzte sich der Kondukt, auf Oranienburg zu, wieder in Bewegung; am 27. traf er in Berlin ein.

Zur Erinnerung an die Nacht vom 25. auf den 26. wurde, seitens der Stadt Gransee wie des Ruppiner Kreises, das *«Luisen-Denkmal»* errichtet. Es ist von Eisen; einzelnes vergoldet. Schinkel entwarf die Zeichnung; die Berliner Königliche Eisengießerei führte sie aus.

Dies Denkmal nun, dessen Beschreibung wir uns in nachstehendem zuwenden, besteht aus einem Fundament und einem sockelartigen Aufbau von Stein, auf dem ein *Sarg* ruht. Über diesem Sarg, in Form eines Tabernakels, erhebt sich ein säulengetragener Baldachin. Die Verhältnisse des Ganzen sind: 23 Fuß Höhe bei 13 Fuß Länge und 6 Fuß Breite. Der Sarg, in Form einer Langkiste mit zugeschrägtem Deckel, hat seine natürliche Größe; zu Häupten ruht eine vergoldete Krone; an den vier Ecken wachsen vier Lotosblumen empor. Die Inschriften am Kopf- und Fußende lauten wie folgt: «Dem Andenken der Königin Luise Auguste Wilhelmine Amalie von Preußen.» – «Geb. den 10. März 1776, gest. den 19. Julius 1810. Nachts den 25. Julius stand ihre Leiche hier.» Die Inschriften zu beiden Seiten des Sockels sind folgende. *Links*: «An dieser Stelle sahen wir jauchzend ihr entgegen, wenn *sie*, die herrliche, in milder Hoheit Glanz mit Engelfreudigkeit vorüberzog.» *Rechts*: «An dieser Stelle hier, ach, flossen unsre Thränen, als wir dem stummen Zuge betäubt entgegen sahen; o Jammer, sie ist hin.»

Die weiteren Inschriften, die der Gesamtbau trägt, befinden sich teils am *Fundament*, teils an der *Innenseite* jener großen Eisenplatten, die das Schrägdach des Baldachins bilden. Am Fundament steht: «Von den Bewohnern der Stadt Gransee, der Grafschaft Ruppin und der Prignitz.» Die großen Eisenplatten enthalten nur ein Namensverzeichnis und zwar die Namen derjenigen, die sich um die Errichtung dieses Denkmals besonders verdient gemacht haben. Es sind: Joh. Friedrich Klagemann, Burgemeister; Karl Heinrich Borstell, Kämmerer; Karl Wilhelm Metzenthin, E. Gottfried Koch, Joh. Andreas Werdermann, Johann Jakob Scheel, Ratsmänner; Johann Jakob Gentz, Vorsteher der Stadtverordneten; Friedrich Christian Ludwig Emil von Zieten auf Wustrau, Landrat; Karl Friedrich Schinkel, Baumeister.

Am 19. Oktober 1811 wurde das Monument im Beisein des damals zehnjährigen Prinzen Karl von Preußen enthüllt. Sooft der König später, bei Gelegenheit seiner Besuchsreisen nach Neu-Strelitz, Gransee passierte, ließ er den Wagen an dieser Stelle halten. Am Abend des 19. Juli 1860, also am fünfzigjährigen Todestage der Vollendeten, wurde bei Fackelschein und unter dem Geläut aller Glocken eine liturgische Andacht an eben diesem Denkmal abgehalten. Nicht nur Stadtbewohner, auch Angehörige des Kreises waren in großer Zahl erschienen.

Und wie Gransee durch dieses Denkmal sich selber ehrte, so glänzt auch sein Name seitdem in jenem poetischen Schimmer, den *alles* empfängt, was früher oder später in irgendeine Beziehung zu der leuchtend-liebenswürdigen Erscheinung dieser Königin trat. Die moderne Historie weist kein ähnliches Beispiel von Reinheit, Glanz und schuldlosem Dulden auf, und wir müssen bis in die Tage des früheren Mittelalters zurückgehen, um Erscheinungen von gleicher Lieblichkeit (und dann immer nur innerhalb der *Kirche*) zu begegnen. Königin Luise dagegen stand inmitten des *Lebens*, ohne dass das Leben einen Schatten auf sie geworfen hätte. Wohl hat sich die Verleumdung auch an *ihr* versucht, aber der böse Hauch vermochte den

Spiegel nicht auf die Dauer zu trüben. *Mehr* als von der Verleumdung ihrer Feinde hat sie von der Phrasenhaftigkeit ihrer Verherrlicher zu leiden gehabt. Sie starb *nicht* am «Unglück ihres Vaterlandes», das sie freilich bitter genug empfand. Übertreibungen, die dem einzelnen seine Gefühlswege vorschreiben wollen, reizen nur zum Widerspruch.

Das Luisen-Denkmal zu Gransee hält das rechte Maß: es spricht nur für sich und die Stadt und ist rein persönlich in dem Ausdruck seiner Trauer. Und deshalb rührt es.

7

Prinzessin Goldhaar: Karoline de La Roche-Aymon

Fontane hätte sie treffen können. Als er im Ruppiner Land für die *Wanderungen* zu recherchieren begann, lebte die Gräfin noch. Angesichts ihres hohen Alters muss jedoch bezweifelt werden, ob Karoline de La Roche-Aymon (1771–1859) den unbekannten Dichter so empfangen hätte, wie er es sich ausmalte: «[N]och in späteren Jahren wusste die Gräfin es einzurichten, dass etwa eintreffender Besuch sie womöglich im Négligé überraschen und das Haar bewundern musste.» Wenn sie ihr blondes Haar löste, fiel es bis zu den Knien herab und umhüllte sie «wie ein goldener Mantel». Der Dichter kam nicht umhin, Karoline fontanisch zu adeln. Als «Prinzessin Goldhaar» ging sie sowohl in den ersten *Wanderungen*-Band (1862) als auch in das erzählerische Werk ein. In Fontanes erstem Roman *Vor dem Sturm* (1878) ist sie Vorbild für die Gräfin Amelie von Pudagla, und im Spätwerk *Der Stechlin* (1898) taucht sie mit ihrem Klarnamen auf.

Dabei stand zunächst ihr Mann im Fokus des Dichters: Graf Charles de La Roche-Aymon (1772–1849), dem Fontane im *Wanderungen*-Kapitel über den Rheinsberger Hof zur Zeit des preußischen Prinzen Heinrich (1726–1802) einen eigenen Abschnitt widmete. Dem französischen Emigranten war es gelungen, die Gunst des Prinzen zu erlangen. «Der Graf erschien ihm als ein Geschenk des Himmels», poetisiert Fontane, als hätte er den jungen Adligen für den alten Prinzen einst persönlich nach Rheinsberg geführt. Faktisch überzeugt der Dichter nicht. Weder Charles' Geburtsjahr noch die Umstände seines Auftauchens in Rheinsberg stimmen. Nicht «‹Demoiselle Aurore›», eine französische Schauspielerin am Rheinsberger Hof, stellte den Kontakt her, sondern der mit Prinz Heinrich befreundete Schriftsteller Sénac de Meilhan (1736–1803), der wie Charles aus Frankreich emigriert war. Heinrich suchte Anfang 1793 einen Korrespondenten, der ihn über die politische Lage in Frankreich informieren konnte. Nachdem Charles endlich eine Aufenthaltsgenehmigung für Preußen erhalten hatte, wurde der siebzehnjährige Franzose Heinrichs Adjutant und – das deutet Fontane nur an – Liebhaber. Aber Charles war weit mehr als ein neuer Lustknabe am Rheinsberger Hof. Er wurde ein Gesprächspartner auf Augenhöhe und avancierte zu Heinrichs wichtigstem Kontaktmann, um die politischen Vorstellungen des Prinzen in Berlin zu Gehör zu bringen.

Zwei Jahre später heiratete Charles Karoline von Zeuner, die als Hofdame bei Prinzessin Wilhelmine (1774–1837), der Schwester der späteren Königin Luise, tätig war. Ob die Gräfin von der homoerotischen Beziehung zwischen ihrem Bräutigam und dessen Arbeitgeber wusste, kann nur gemutmaßt werden. Wenn sie davon Kenntnis hatte, war es wohl kein Hinderungsgrund. Von einer Scheinehe zu sprechen, weil die Beziehung kinderlos blieb, ist sicher zu viel der Spekulation. Anschaulich beschreibt Fontane, wie das illustre Paar den Rheinsberger Hof zu bereichern verstand. Offenbar ließ sich Heinrich auch nicht von den Neidern irritieren, die versuchten, «die Rochemonds» als gierig und intrigant zu verunglimpfen. Denn kurz vor seinem Tod überschrieb der Prinz seinem Adjutanten das fünf Kilometer entfernte Gut Köpernitz, das für «Prinzessin Goldhaar» zum Schicksalsort wurde.

Fontane selbst suchte das kleine Dorf erst im September 1873 auf, als er für eine erneute Überarbeitung des ersten *Wanderungen*-Bandes im Ruppiner Land unterwegs war. Über Köpernitz schrieb er in der dritten Auflage der *Grafschaft Ruppin* (1875) sogar ein ganzes Kapitel. Und im Rheinsberger Kapitel wurde der Abschnitt über «Graf La Roche-Aymon» in der Überschrift endlich auch um die «Gräfin» ergänzt.

Die Hrsg.

Graf und Gräfin La Roche-Aymon

Es ward immer stiller in Rheinsberg. Von 1796 ab scheint der Kreis nur noch aus vier Personen bestanden zu haben: aus dem Hofmarschall oder Kammerherrn Grafen Röder, aus dem Adjutanten Graf La Roche-Aymon, aus dem Kammerrat Lebeauld und aus dem Baurat Steinert. Die beiden Wreechs waren tot, Knesebeck lebte noch, tat aber keinen Dienst mehr. Kaphengst jagte, spielte, schwur und grollte, dass der Gunst des Prinzen der goldene Boden ausgeschlagen war.

Kein Wunder, dass der alternde Prinz (er war siebzig geworden) von Alleinsein und Stille gelegentlich mehr besaß, als ihm lieb war, und unter dem Druck einer gewissen Vereinsamung eifrig dahin strebte, die wenigen ihm treu Verbliebenen für den Rest seiner Tage festzuhalten. Er wollte nicht unter Fremden sterben.

Baurat Steinert war ein Gegenstand seines besondern Vertrauens. Noch wenige Tage vor seinem (des Prinzen) Tode, als sie die Pyramide besuchten, in der er beigesetzt zu werden wünschte, sagte er lächelnd zu dem vielbewährten Diener: «Stellt mich so, Steinert, dass ich nach dem Schloss hinüberblicke, und sagt's auch den Leuten, *dass* ich so stehe. Das wird manchen in heilsamer Furcht halten.»

Lebeauld – Le Beauldt de Nans, wie er in andern Büchern genannt und geschrieben wird – war eigentlich Secretair des Prinzen, erfreute sich aber des Titels eines Kammerrats oder conseiller des chambres. Zur Belohnung für langjährige Dienstleistungen, aber zugleich auch in dem Bestreben, ihn auf *die* Weise zu fesseln, empfing er seitens des Prinzen zwei der zum Amte Rheinsberg gehörigen Erbzinsgüter: Schlaborn und Warenthin, die noch geraume Zeit hindurch in Händen der Lebeauldschen Familie verblieben. Erst seit 1850 sind sie zurückgekauft und wieder königlicher Besitz.

Steinert und Lebeauld waren bewährte Diener des Prinzen, aber doch nichts weiter; der *Freund* seiner letzten Jahre war der Graf La Roche-Aymon.

Bei der Geschichte dieses Mannes, «die den Roman auf seinem eignen Felde schlägt», werden wir zum Schluss noch einige Zeit zu verweilen haben.

Antoine-Charles-Étienne-Paul Graf La Roche-Aymon war 1775 geboren. 1792, siebzehn Jahr alt, verließ er mit andern Émigrés sein Vaterland und trat als Volontair in das Condésche Corps, nach einer andern Version, die sich auf Mitteilung von Personen stützt, die den Grafen noch persönlich gekannt haben, in die *neapolitanische Armee*. Gleichviel, 1794 erschien ein junger, sechs Fuß hoher Offizier von dunkelstem Kolorit und dürftigster Kleidung in Rheinsberg und gab bei «Demoiselle Aurore», jener schon genannten Schauspielerin des prinzlichen Hoftheaters, einen Empfehlungsbrief ab. Der Brief enthielt die Bitte, den Überbringer, den jungen Grafen La Roche-Aymon, bei günstiger Gelegenheit in die Nähe des Prinzen zu bringen. Demoiselle Aurore war echte Französin, lebhaft und gutherzig, dabei Royalistin und zu Abenteuern geneigt; sie bestritt also eine passende Equipierung aus eignen Mitteln, und vor Ablauf einer Woche war der Graf in des Prinzen Dienst. Er bezog Wohnung im Kavalierhaus und übernahm den Befehl über die vierzig Leibhusaren, die, wie mehr erwähnt, als eine spezielle Prinz Heinrichsche Truppe zu Rheinsberg in Garnison lagen. Kurze Zeit darauf wurde er Adjutant des Prinzen. Schön, gewandt, liebenswürdig, ein Kavalier im besten Sinne des Worts, trat er alsbald in eine Vertrauensstellung, ja darüber hinaus in ein Herzensverhältnis zum Prinzen, wie's dieser, seit Tauentzien, nicht mehr gekannt hatte. Der Graf erschien ihm als ein Geschenk des Himmels; der Abend seines Lebens war gekommen, aber siehe da, die Sonne, bevor sie schied, lieh ihm noch einmal einen Strahl ihres beglückenden Lichts. Graf La Roche-Aymon war der *letzte* Adjutant des Prinzen.*

Nach dem Basler Frieden, der eine halbe Versöhnung zwischen dem Prinzen Heinrich und seinem Neffen, dem Könige, herbeigeführt hatte, kam der Prinz auch wieder nach Berlin, aber freilich ohne rechte Lust und Freudigkeit und immer nur auf kürzere Zeit. Auf einer der bei dieser Gelegenheit statthabenden Festlichkeiten war es, dass der Graf La Roche-Aymon, der nunmehrige Adjutant des Prinzen, ein Fräulein von Zeuner sah und von ihrer blendenden Schönheit sofort hingerissen ward. Er seinerseits war völlig dazu angetan, nicht bloß bezaubert zu werden, sondern auch selbst wieder zu bezaubern, und als der Prinz bei beginnendem Frühling nach Rheinsberg

* Die Adjutanten des Prinzen Heinrich, soweit ich es in Erfahrung bringen konnte, waren seit Beginn des Siebenjährigen Krieges die folgenden: Graf Henkel (1757 und 1758); Graf Kalckreuth in der zweiten Hälfte des Krieges; *nach* dem Kriege: Kaphengst, Tauentzien, La Roche-Aymon.

zurückkehrte, folgten ihm Graf und Gräfin La Roche-Aymon als eben vermähltes Paar.

Karoline Amalie von Zeuner war die Tochter eines seit 1786 als Hofmarschall und Kammerherr im Dienste der Königinmutter stehenden Herrn von Zeuner, aus seiner Ehe mit einer Gräfin von Neale. Fräulein von Zeuner selbst, als der Graf La Roche-Aymon sie kennenlernte, war Hofdame bei der Prinzessin Wilhelmine. Sie war von mittlerer Figur, vom weißesten Teint und besaß, als besondere Schönheit, eine solche Fülle blonden Haares, dass es, wenn aufgelöst, bis zu den Knien herabfiel und sie wie ein goldener Mantel umhüllte. Niemand kannte diese Schönheit besser als sie selbst und noch in späteren Jahren wusste sie's derart einzurichten, dass etwa eintreffender Besuch sie womöglich im Négligé überraschen und das Haar bewundern musste.

Wenn die Gegenwart des Grafen schon vorher ein Lichtblick an dem vereinsamten Hofe des Prinzen gewesen war, so war es *jetzt*, wo «Prinzessin Goldhaar» mit ihm zurückkehrte, wie wenn die Tage früherer Rheinsberger Herrlichkeit noch einmal anbrechen sollten. Anstelle halb pedantischer und halb équivoquer[33] Junggesellenwirtschaft erschienen wieder die heiteren Grazien, die dauernd immer nur *da* zu Hause sind, wo schöne Frauen ihren wohltätigen und gern gelittenen Zwang üben. Seit den Tagen Lisette Tauentziens hatte der Rheinsberger Hof diesen Zwang nicht mehr gekannt.

Der Freundschaftstempel mit seinen Inschriften, die die Liebe für eine Torheit erklärten, erschien nun selber als eine große Torheit, und man speiste wieder gern auf der Remus-Insel im See, heitern Angedenkens aus jenen Tagen her, wo Kronprinz Friedrich noch der «Constant»[34] des Bayard-Ordens und nicht der Philosoph von Sanssouci gewesen war. Die Gräfin machte die Honneurs des Hauses, war Gast und Wirtin zugleich, und der Prinz, enchantiert, hing nicht nur an jeder Bewegung der schönen Frau, sondern freute sich ihrer Gegenwart überhaupt, alles an ihr bewundernd, ihre Augen, ihren Witz und selbst – ihre Kochkunst.

Ein Abenteuer trat endlich störend dazwischen und warf einen Schatten auf dies heitere Stilleben, das dem Prinzen teurer geworden war, als er sich selbst gestehen mochte. Prinz Louis Ferdinand erschien eben damals von Zeit zu Zeit in Schloss Rheinsberg, um seinem Oheim, den er beerben sollte, seinen Respekt zu bezeugen. Im Sommer 1800 kam er häufiger als zuvor, kam und ging, ohne dass Wünsche, wie sonst wohl, laut geworden wären. Ein Geplauder im Park, ein Gastmahl auf der Remus-Insel schien *alles*, worauf sein Sinn jetzt gerichtet war. Die Gräfin saß neben ihm bei Tisch und trug einen Kranz von Teichrosen im Haar, den ihr der jugendliche Prinz auf der Fahrt zur Insel hin geflochten hatte. Sie glich darin einer Wassernixe. So kam der Abend, und lautlos glitten die Kähne zurück; nur dann und wann unterbrach ein Flüstern und Lachen die tiefe Stille. Prinz und Gräfin fuhren im selben Kahn. Was heimlich versprochen wurde, wir wissen es nicht und versuchen nur das Bild zu malen, das die nächste Stunde brachte. Vor dem Fenster der Gräfin lag ein Wiesenstreifen im Vollmondschein, und aus dem Schatten heraus trat der Graf, die Hand am Degen. Ihm gegenüber, auf dem erhellten Rasen, stand der Prinz; typische Gestalten aus Nord und Süd. Am offnen Fenster aber erschien die Gräfin, bittend und beschwörend, und die Degen der beiden Gegner fuhren zurück in die Scheide. Man trennte sich mit einem kurzen «jusqu'à demain»[35].

Der alte Prinz legte sich ins Mittel, und der Zweikampf unterblieb. Ebenso schwieg man über den Vorfall. Aber man mühte sich umsonst, ihn zu *vergessen*. Die Gräfin war das Licht gewesen, dessen klarer Helle sich jeder gefreut hatte; nun hatte das Licht, wie jedes andere, seinen Dieb gehabt, und eine leise Missstimmung griff Platz. Der Rheinsberger Hof war niemals ein Tugendhof gewesen, war es auch *jetzt* nicht, und doch sah sich jeder ungern des *einen* Ideals beraubt, an das er geglaubt hatte. Die Gräfin blieb Mittelpunkt des Kreises bis zuletzt, aber doch mehr äußerlich, und die Blicke, die sich auf sie richteten, sahen sie mit verändertem Ausdruck an. Die letzten poetischen Momente des Prinz-Heinrich-Hofes waren hin.

Nur in den Beziehungen zwischen dem Prinzen und seinem Adjutanten änderte sich nichts. Die kritisch-militärischen Arbeiten des Grafen weckten mehr noch als früher das Interesse seines väterlichen Freundes und Wohltäters, der sich vielfach und in eingehendster Weise daran beteiligte. Dies Freundschaftsverhältnis dauerte denn auch bis zum Tode des Prinzen, welcher letztre noch wenige Monate vor seinem Hinscheiden in seinen «Dernières Dispositions»[36] die Worte niederschrieb: «Ich bezeuge dem Grafen La Roche-Aymon meinen lebhaften Dank für die zarte Anhänglichkeit, die er mir all die Zeit über erwiesen hat, wo ich so glücklich war, ihn in meiner Nähe zu haben», sowie denn auch anderweitig aus beinah jedem Paragraphen dieser «Dernières Dispositions» hervorgeht, dass der Graf die recht eigentlichste Vertrauensperson des Prinzen war, *der*jenige, der seinem Herzen am nächsten stand. Der Prinz hatte darin richtig gewählt. Graf La Roche-Aymon vereinigte, nach dem Zeugnis aller derer, die ihn gekannt haben, drei ritterliche Tugenden in ganz ausgezeichnetem Maße: Mut, Diensttreue und kindliche Gutherzigkeit.

Am 3. August 1802 starb der Prinz, und im selben Jahre noch gelangten Graf und Gräfin La Roche-Aymon in den Besitz des Gutes Köpernitz, das eines der sechs Erbzinsgüter war, die zum Amte Rheinsberg gehörten. Ob der Prinz erst in seinem Testament oder schon bei Lebzeiten diese Schenkung machte, hab ich nicht mit Bestimmtheit in Erfahrung bringen können. Wahrscheinlich fand ein Scheinkauf mit Hülfe dargeliehenen Geldes statt, das dann schließlich in die prinzliche Kasse zurückfloss.

Köpernitz war nun gräfliches Besitztum. Es scheint aber nicht, dass das La Roche-Aymonsche Paar auch nur vorübergehend das Gut bezog, vielmehr eilten beide nach Berlin, um endlich wieder *das* zu genießen, was sie, trotz aller Anhänglichkeit an den Prinzen, so lange Zeit über entbehrt hatten – *das Leben der großen Stadt*. Das Gut ward also verpachtet, und die Pachterträge sollten nunmehr ausreichen zu einem Leben in der Residenz. Aber das junge Paar erkannte bald, dass es die Rechnung ohne den Wirt gemacht habe, und der Graf musste sich schließlich noch beglückwünschen, als er 1805 dem Göckingkschen (ehemals Zietenschen) Husarenregiment als Major aggregiert[37] wurde. Mit diesem Regiment war er bei Jena. 1807 ward er Kommandeur der Schwarzen Husaren und zeichnete sich, an der Spitze derselben, durch eine glänzende Attacke bei Preußisch-Eylau aus. Napoleon, als er nach dem Kommandeur fragte, geriet in heftigen Zorn, als er einen französischen Namen hörte. 1809 wurde Graf La Roche-Aymon Oberst und bearbeitete das Exerzierreglement der Reiterei, wie er denn überhaupt, allem anderen vorauf, ein glänzender

Kavallerieführer war. Seine Bücher über diesen Gegenstand sollen wertvoll und bis zu dieser Stunde kaum übertroffen sein. 1810 zum Inspecteur der leichten Truppen ernannt, machte er die Feldzüge von 1813 und 1814 auf preußischer Seite mit, wurde Generalmajor und kehrte 1814 nach dem Sturze Napoleons wieder nach *Frankreich* zurück. 1815, während der Hundert Tage, ging er mit Ludwig XVIII. nach Gent, befehligte 1823 in der in Spanien einrückenden französischen Armee eine Kavalleriebrigade und wurde Generallieutenant. In den Besitz aller seiner früheren Güter wieder eingesetzt, ward er, zu nicht näher zu bestimmender Zeit, *Marquis* und Pair von Frankreich. Einige Jahre vorher (1827) hatte er auf dem Punkt gestanden, als Kriegsminister in *kaiserlich-mexikanische* Dienste zu treten. Ein Bruder des Königs Ferdinands VII. von Spanien, der Infant Don Francisco de Paulo, sollte zum *Kaiser von Mexiko* erhoben werden, und das Cabinet dieses Kaisers war bereits in Paris ernannt. Es bestand aus Baron Alexander von Talleyrand, Herzog von Dino, Marinecapitain Gallois und Graf La Roche-Aymon. Man kann fast beklagen, dass sich's zerschlug; es wäre eine «Aventüre»[38] mehr gewesen in dem an Aventüren so reichen Leben des Grafen. Er verblieb in Paris. Kurze Zeit vor der Februarrevolution sah ihn ein alter Bekannter aus den Rheinsberger Tagen her in der Pairskammer, als er eben im Begriff stand, das Wort zu nehmen; er hatte den Grafen in sechsundvierzig Jahren nicht gesehen, seit *jenem* Tage nicht, wo derselbe dem Sarge des Prinzen zur letzten Ruhestätte gefolgt war. Im Jahre darauf (1849) starb der Graf.

Wir wenden uns nun zum Schlusse der *Gräfin* zu. Sie war 1815, nach der völligen Niederwerfung Napoleons, ihrem Gatten nach Paris hin gefolgt und hatte daselbst, am Hofe

Ludwigs XVIII., Huldigungen entgegengenommen, die fast dazu angetan waren, die Triumphe ihrer Jugend in den Schatten zu stellen. In der Tat, sie war noch immer eine schöne Frau, hatte sie doch das Leben allezeit leichtgenommen und im Gefühl, für die Freude geboren zu sein, der anklopfenden Sorge nie geöffnet. Aber wenn sie auch kein Naturell hatte für Gram und Sorge, so war sie doch empfindlich gegen Kränkungen, und diese blieben nicht aus. Sie war eitel und herrschsüchtig, und so leicht es ihr werden mochte, die leichte Moral der Hauptstadt und ihres eignen Hauses zu tragen, so schwer und unerträglich ward es ihr, *die Herrschaft im Hause mit einer Rivalin zu teilen*. Das Blatt hatte sich gewandt, und die Schuld der Rheinsberger Tage wurde spät gebüßt. Die Marquise beschloss, Paris aufzugeben; ein Vorwand wurde leicht gefunden (»der Pächter habe das Gut vernachlässigt«), und 1826 zog sie still in das stille Wohnhaus von Köpernitz ein.

Dort hat sie noch dreiunddreißig Jahre gelebt, und alt und jung daselbst weiß von ihr zu erzählen. Sie war eine resolute Frau, klug, umsichtig und tätig, aber auch rechthaberisch, die, weil sie beständig recht haben und *herrschen* wollte, zuletzt schlecht zu *regieren* verstand. Es lag ihr mehr daran, dass ihr *Wille* geschah, als dass das *Richtige* geschah, und die Schmeichler und Jasager hatten leichtes Spiel auf Kosten derer, die's wohlmeinten. Es eigneten ihr all die Schwächen alter Leute, die die Triumphe ihrer Jugend nicht vergessen können; aber was ihr bis zuletzt die Herzen vieler zugetan machte, war das, dass sie, trotz aller Schwächen und Unleidlichkeiten, im Besitz einer wirklichen Vornehmheit war und verblieb. Sie glaubte an sich.

Ihre Beziehungen zum Rheinsberger Hofe wie zum Prinzen Louis und kaum minder wohl die Huldigungen, die ihr, später noch, am französischen Hofe zuteil geworden waren, gaben ihr vor der Welt ein Ansehen, und Friedrich Wilhelm IV. kam nie nach Ruppin oder Rheinsberg, ohne der Marquise auf Köpernitz seinen Besuch zu machen. Es traf sich, dass sie, bei einem dieser Besuche, ganz wie zu Zeiten der Remus-Insel-Diners, durch ihre Kochkunst glänzen und den König durch eine Trüffel- oder Zervelatwurst überraschen konnte. Friedrich Wilhelm IV. erbat sich denn auch etwas davon für seine Potsdamer Küche (natürlich nicht vergeblich), und zum Weihnachtsabend erschien das königliche Gegengeschenk: ein Kollier, aus goldenen Würstchen bestehend, die Speilerchen von Perlen, und begleitet von einem verbindlichen Schreiben mit dem Motto: «Wurst wider Wurst». Geschenk und Gegengeschenk wiederholten sich mehrere Male, so dass sich zu dem Kollier ein Armband und zu dem Armband ein Ohrgehänge gesellte; zuletzt erschien eine Tabatière[39] in Form einer kurzen, gedrungenen Blut- und Zungenwurst, äußerst wertvoll, oben und unten mit Rubinen besetzt. Die Freude war groß, aber es war die *letzte* dieser Art. Aus den Zeitungen ersah die Marquise bald darauf, dass einer der Hofschlächtermeister zu Potsdam, als Gegengeschenk für eine große Fest- oder Jubiläumswurst (und sogar unter Beifügung desselben Mottos: «Wurst wider Wurst»), in gleicher Weise durch eine Tabatière beglückt worden war, und die Sendungen in die königliche Küche hörten von diesem Augenblick an auf.

Ihre letzten Lebensjahre brachten ihr noch einen andern interessanten Besuch. Ein Neffe des verstorbenen Marquis hatte diesen beerbt und, nicht zufrieden mit den ihm zugefallenen *französischen* Gütern, machte derselbe bei dem betreffenden Pariser Gerichtshof auch noch ein Verfahren anhängig, um sich des ehemalig Prinz Heinrichschen Köpernitz', des Gutes seiner alten Tante, zu versichern. Anfänglich erklärten selbst die französischen Gerichte ihr «Nein», in der zweiten und dritten Instanz aber wurde das «Nein» in ein «Ja» verwandelt, einfach in Berücksichtigung der Tatsache, dass der Neffe des alten legitimistischen Marquis inzwischen ein besonderer Günstling Napoleons III. geworden war. Und wirklich, der Günstling schickte Bevollmächtigte, die Köpernitz für ihn in Besitz nehmen sollten, und als sich dies, aller Vollmachten unerachtet, nicht tun lassen wollte, kam er endlich selbst. Er nahm in Rheinsberg allerbescheidentlichst einen Einspänner, umkreiste das ganze Gut, dessen Ansehn und Ausdehnung ihm wohlgefiel, und fuhr dann schließlich vor dem Wohnhause der alten Tante vor. Diese empfing ihn aufs artigste, mit dem ganzen Aufwande jenes Zeremoniells, worin sie Meister war, als er aber schließlich den eigentlichen Zweck seines Kommens berührte, lachte sie ihn so herzlich aus, dass er sich, nicht ohne Verlegenheit, von der alten «ma tante» verabschiedete. Wurd auch nicht wieder gesehen. Dieser Neffe aber, der im Einspänner von Rheinsberg nach Köpernitz gefahren war, war niemand anders als der frühere Befehlshaber der französischen Armee in Rom – General Goyon.

Die Marquise, und damit schließen wir, war eine stolze, selbstbewusste Frau. Sie repräsentierte die Vornehmheit einer nun zu Grabe getragenen Zeit, eine Vornehmheit, die von der Gesinnung unter Umständen abstrahieren und ihr Wesen in eine meisterhafte Behandlung der Formen setzen konnte. Diese Formen waren bei der Marquise von der gewinnendsten Art, und ihr Auftreten entsprach dem Urteile, das ich einst über sie fällen hörte: «frei, taktvoll und originell zugleich». Herrschen und ein großes Haus machen waren ihre zwei Leidenschaften. Je mehr Kutschen im Hofe hielten, desto wohler wurd ihr ums Herz, und je mehr Lichter im Hause brannten, desto hellere Funken sprühten ihr Geist und ihre gute Laune. Sparsam sonst und eine Frau, bei der die Rechnungsbücher stimmen mussten, erschrak sie dann vor keinem Opfer, ja der Gedanke berührte sie kaum, dass es ein Opfer sei. Nach Sitte der Zeit, in der sie jung gewesen, sah es um sie her aus wie in einer Arche Noäh, und vom Kakadu an bis herunter zu Kanarienvogel und Eichhörnchen fand sich in ihren Zimmern so ziemlich alles beisammen. Katzen und Hunde waren natürlich ihre Lieblinge und durften sich alles erlauben, ja, eintreffender Besuch pflegte meist in nicht geringe Verlegenheit zu geraten, wo Platz zu nehmen sei, wenn überhaupt. Aber mit dem Erscheinen der alten Marquise war sofort alles vergessen, man achtete der Unordnung nicht mehr, und was bis dahin lästig gewesen war, wurde jetzt charakteristisches Ornament. Ihre Rede riss nicht ab, und wurde Rheinsberg oder gar «der Prinz» zum Gegenstande der Unterhaltung, so vergingen die Stunden wie im Fluge, ihr selbst und andern.

Ihr Tod war wie ihr Leben und hatte denselben Rokokocharakter wie das Sofa, auf dem sie starb, oder die Tabatière, die vor ihr stand. Ihre Lieblingskatze, so heißt es, habe sie in die Lippe gebissen. Daran starb sie (oder doch bald darauf) im neunundachtzigsten Jahre, dem 18. Mai 1859.

Mit ihr wurde die letzte Repräsentantin der Prinz-Heinrich-Zeit zu Grabe getragen.

Köpernitz

Rote Dächer, die verschwiegen
Still an Wald und Wiese liegen.

Köpernitz, auf dem die Gräfin La Roche-Aymon geborne von Zeuner ihr reich bewegtes Leben beschloss, ist ein Platz von einer nicht gerade frappanten, aber doch von einer poetischen und nachhaltig wirkenden Schönheit. Man begreift eine stille Passion dafür.

Das *Herrenhaus* ist von großer Einfachheit: ein Erdgeschoss (neun Fenster Front) mit Dach und Erker. Dem entsprechend ist die Einrichtung, aber durch Bilder und Erinnerungsstücke reichlich aufwiegend, was ihr an modernem Glanze fehlt. Das einladendste Zimmer des Hauses ist der Salon, der den Blick auf eine große Parkwiese hat. Hier, an einem milden Herbsttage, bei offenstehender Tür und Kaminfeuer, ist es gut sein. In eben diesem Salon befindet sich auch die Mehrzahl der historischen Wertstücke. Darunter zunächst folgende Bilder:

1. Hofmarschall von Zeuner, Großvater des gegenwärtigen Besitzers.
2. Hofmarschallin von Zeuner, geb. Gräfin Neale.
3. Graf Neale, Bruder der Hofmarschallin von Zeuner.

4. Oberst von Zeuner, Kommandeur des 4. (schlesischen) Husarenregiments; Vater des gegenwärtigen Besitzers.
5. Frau Oberst von Zeuner, geb. Baronesse Oettinger. Bild aus der Zeit vor ihrer Vermählung.
6. Baronin von Oettinger (Mutter der vorigen), von Tischbein gemalt.
7. Gräfin La Roche-Aymon, geb. von Zeuner, Tochter des Hofmarschalls, Schwester des Obersten von Zeuner, Vorbesitzerin von Köpernitz.
8. Graf La Roche-Aymon.
9. Kardinal Ra Roche-Aymon (gutes Bild); Oheim des Grafen La Roche-Aymon.
10. Prinz Louis Ferdinand (sehr gut). – Bis zum Tode der Gräfin La Roche-Aymon befand sich noch ein *zweites* Bild des Prinzen Louis in Köpernitz, das dem Sohne des letzteren, dem General von Wildenbruch, gehörte und nur «leihweise auf Lebenszeit» der Gräfin überlassen worden war. Nach dem Hinscheiden derselben erhielt es General von W. zurück. (Ein drittes treffliches Bild des Prinzen Louis Ferdinand befindet sich in Wustrau.)

Außer diesen Bildern interessiert zumeist eine *Rokokokommode* mit vergoldeten Griffen und Marmortafel. In den Fächern dieser Kommode (damals in Rheinsberg) befand sich die vom Prinzen Heinrich niedergeschriebene Geschichte des Siebenjährigen Krieges. Unmittelbar nach dem Tode des Prinzen erschien eine «Kommission» in Rheinsberg und nahm das Manuskript, von dessen Existenz man in Berlin Kunde hatte, mit sich, um es im Staatsarchive zu deponieren. *Diese* Lesart ist die wahrscheinlichste. Nach einer anderen Version aber wäre das Manuskript verbrannt worden. Träfe dies zu, so würde der Welt eines der denkbar interessantesten Bücher verlorengegangen sein. Und doch mag es zweifelhaft erscheinen, ob ein solcher Verlust, *wenn* er überhaupt stattgefunden, zu beklagen wäre. Der Prinz – soviel war schon bei seinen Lebzeiten laut geworden – hatte strengste Kritik geübt, namentlich auch gegen seinen königlichen Bruder, und es würde die Kenntnis über diesen vielleicht mehr verwirren als aufklären, wenn wir plötzlich Urteilen begegneten, deren *Gerechtigkeit*, bei dem mit allen Vorzügen, aber auch mit allen Mängeln des vorigen Jahrhunderts reich ausgestatteten Prinzen, zunächst bezweifelt werden muss.

Zu den Erinnerungsstücken von Köpernitz gehören auch die schon Seite 105 erwähnten Gegengeschenke, die Friedrich Wilhelm IV. der Gräfin machte, wenn, um die Weihnachtszeit, wieder eine Blut-, Trüffel- oder Zervelatwurstsendung von Köpernitz her in Sanssouci eingetroffen war. Der König war dabei höchst erfinderisch und schenkte (natürlich immer in Wurstform) erst ein Schuppenarmband, dann ein Schuppenkollier, dann Ohrgehänge (kleine Saucischen aus Perlen und Diamanten), dann eine Tabatière (dicke Blutwurst aus Granaten). Diese vier habe ich gesehen. Ich weiß nicht, ob die Zahl damit erschöpft ist. Die Briefe, die diese Geschenke begleiteten, laufen von 1849 bis 1854 und paraphrasieren das alte Wurstthema auf immer neue Weise.

Zum Schlusse sei noch des Köpernitzer *Friedhofes* erwähnt, der, ähnlich wie der Berliner Matthäikirchhof, an einem sanften Abhange liegt. Er hat manches Eigentümliche; beispielsweise *das*, dass das Terrain nach Familien parzelliert ist. So liegt denn zusammen, was zusammengehört; die Angehörigen müssen ihre Toten nicht erst jahrgangweise suchen, sondern finden alles an einer und derselben Stelle.

Das Grab der Gräfin befindet sich in der Mitte des Friedhofes. Ein graues Marmorkreuz trägt die Inschrift: «Hier ruht Caroline Amalie Marie Marquise de la Roche-Aymon, geb. von Zeuner, geb. den 7. April 1771, gest. den 18. Mai 1859. Selig sind die Todten, die in dem Herrn sterben.»

Sie war so beliebt, dass sich immer noch Kränze vorfinden, die, von Zeit zu Zeit, besonders aber an den Gedächtnistagen, von alten Rheinsberger Bekannten auf ihrem Grabe niedergelegt werden.

8

Die Schwägerinnen: Emilie von Schlabrendorf und Johanna von Scharnhorst

Die beiden Schwägerinnen gerieten in Fontanes Fokus, als er im Herbst 1860 erstmals Gröben und Siethen im Nuthethal besuchte, um über die Linie Gröben des märkischen Adelsgeschlechts Schlabrendorf zu recherchieren. Von Schloss Beuthen kommend erreichte der Wanderer «schon nach halbstündigem Marsch eine mäßige Hügelhöhe», von der aus er zwei Seeflächen und zwei Dörfer überblickte: «Gröben und Siethen. Ein märkisches Idyll.» [SPREELAND, GBA, S. 347] Die Bezeichnung «Idyll» galt offenbar nur für die Landschaft. Den beiden westlich von Ludwigsfelde gelegenen Ortschaften bescheinigte Fontane «nur ein märkisches Durchschnittsansehen» [SPREELAND, GBA, S. 388, 392], die Kirchen ausgenommen. Unter dem Eintrag «Groeben» erwähnt Fontane in seinem Notizbuch «die hübsche neue Kirche von [Friedrich] Adler erbaut» [F-NB, A21].

Für den Kirchenneubau zeichneten zwei Frauen verantwortlich: Emilie von Schlabrendorf (1797–1858) und Johanna von

Scharnhorst, geborene Schlabrendorf (1803–1867). Weil ihnen nach dem Tod ihrer Ehemänner das Gut in Gröben (Emilie) bzw. Siethen (Johanna) zugefallen war, erhielten die Schwägerinnen im Kapitel «Gröben und Siethen unter den neuen Schlabrendorfs» des *Spreeland*-Bandes je einen eigenen Abschnitt. Beiden Frauen attestiert Fontane mangelnde Gutsbesitzerqualitäten. Unter ihrer Witwenherrschaft sei «alles zurückgegangen oder doch ins Stocken geraten». Das Interesse der Frauen habe «sich eben um andere Fragen als landwirtschaftliche» [SPREELAND, GBA, S. 387] gedreht. Fontane würdigt daher neben dem Engagement für die Gröbener Kirche auch das karitative Wirken der Schwägerinnen.

Erst zwanzig Jahre später, Fontane hatte Gröben und Siethen im Frühjahr 1881 erneut aufgesucht, wurde der Beitrag über die beiden Orte veröffentlicht: Ende 1881 als Erstdruck in *Nord und Süd. Eine deutsche Monatsschrift* und ein Jahr später als Buchkapitel in *Spreeland*, dem vierten *Wanderungen*-Band.

Emilie von Schlabrendorf

Emilie, eine geborene von Ryssel, gelangte durch die Heirat mit Graf Leopold von Schlabrendorf (1794–1851) in die märkische Provinz nach Gröben. [VGL. DEN ABSCHNITT «GRAF LEO VON SCHLABRENDORF» IN: SPREELAND, GBA, S. 366–371] Leopold war während seiner Zeit als Regierungsassessor in Trier häufig bei der Familie des preußischen Offiziers Anton Friedrich Karl von Ryssel (1773–1833) zu Gast. Leo fühlte sich nicht nur von dem «durch Gastlichkeit und Feinheit der Sitte» [DIESES UND DIE FOLGENDEN ZITATE: SPREELAND, GBA, S. 368] ausgezeichneten Haus angezogen, weiß der Dichter zu berichten, sondern auch von «des Generals Tochter, Fräulein Emilie von Ryssel», mit der er sich «nach kurzem Brautstand» im Sommer 1820 vermählte. Nach der Hochzeit zog Leo zu den Schwiegereltern, bis er «1822 unter freudiger Zustimmung seiner jungen Frau, die die landwirtschaftliche Passion mit ihm teilte, nach Gröben hin übersiedelte». Dem Grafen war es gelungen, Gröben wieder in den Besitz der Schlabrendorfs zu bringen – «ein von Jugend auf von ihm gehegter Wunsch».

Über das Wirken von Leo und Emilie in Gröben ist Fontane voll des Lobes. Ihre Gutsherrschaft war «eine, wie man sie lange nicht im Dorfe gekannt hatte, richtiger noch, wie sie nie dagewesen war. Ordnung und Sitte waren mit dem jungen Paare gekommen, auch Beistand in Rat und Tat» [SPREELAND, GBA, S. 368 f.]. Das immer sonnige und gastfreundliche Gröbener Herrenhaus wurde «auf drei Jahrzehnte hin ein Sammel- und Mittelpunkt geistiger Interessen».

Als Leo 1851 mit 57 Jahren verstarb, übernahm seine Frau Emilie das Gut. Ihre siebenjährige Alleinherrschaft skizziert Fontane in einem Abschnitt, der in diesen Band aufgenommen wurde. Gleich zu Beginn bescheinigt er der Witwe ein «segensreiches Wirken» in Gröben. Allerdings überlässt er die Charakterisierung ihres Wirkens im ersten Teil ganz «brieflichen Mitteilungen» von Zeitgenossen, «die die Gräfin noch persönlich gekannt haben». Vermutlich waren es «Frau v. Münchhausen, geb. v. Scharnhorst, und Graf Siegmar Dohna», die ihm, lässt Fontane Mathilde von Rohr am 6. Juni 1881 wissen, für den «Gröben und Siethen»-Beitrag «den Stoff gegeben haben» [F-ROHR, S.276].

Im zweiten Teil greift Fontane einen biografischen Aspekt

der Gräfin auf, den er in den brieflichen Mitteilungen vermisst habe, «ihr[en] *Katholizismus*». Hervorhebenswert scheint ihm, wie die «strenge Katholikin» Emilie mit der «ihr in gewissem Sinne wenigstens unterstellten» evangelischen Gemeinde umgegangen sei. Indem er schreibt, die Gräfin habe stets nur das betont, «was beiden Konfessionen das Gemeinschaftliche war», stilisiert der Autor sie zu einer Vorreiterin der Ökumene. Ihre religiöse Toleranz zeige sich vor allem in der Finanzierung des 1858 begonnenen Umbaus «der lutherischen Gröbener Kirche, den sie, von der Vorahnung erfüllt, dass sie das Ende desselben nicht mehr erleben würde, durch Kapitalsdeponierungen sicherstellte». Als Architekt wurde der Baurat Friedrich Adler gewonnen, dem 1863 der Durchbruch mit der Errichtung der St.-Thomas-Kirche am Berliner Mariannenplatz gelang. Der Kirchenneubau wurde unter ihrer Nachfolgerin, Gräfin Johanna von Scharnhorst, 1860 – zwei Jahre nach Emilies Tod – fertiggestellt. Bei seiner Kirchenbesichtigung, die Fontane im Unterkapitel «Gröben jetzt» aufnimmt, erwähnt er eine Tafel, die an die beiden Stifterinnen erinnert. Fontane beschreibt auch das Grab der Emilie von Schlabrendorf, die auf dem Kirchhof in Gröben neben ihrem Mann Leo beigesetzt wurde. [VGL. SPREELAND, GBA, S. 388–392] Die Grabstätte des kinderlosen Paares existiert nicht mehr.

Johanna von Scharnhorst

Den letzten Abschnitt im Unterkapitel «Gröben und Siethen unter den neuen Schlabrendorfs» widmet Fontane «Frau Johanna von Scharnhorst, geborne von Schlabrendorf» (1803–

1867). Sie übernahm das Gut Gröben, nachdem ihre kinderlose Schwägerin Emilie von Schlabrendorf 1858 gestorben war. Der Autor unterbricht sein Porträt mit einem Exkurs über deren einzige, «früh heimgegangenen Tochter» Johanna (1825–1857), der allerdings hier nicht aufgenommen wurde. [VGL. ABSCHNITT «JOHANNA VON SCHARNHORST (NACH AUFZEICHNUNGEN EINER KAISERSWERTHER DIAKONISSIN)» IN: SPREELAND, GBA, S. 376–382]

Johannas Biografie war eng mit der ihrer Schwägerin Emilie verflochten. Als Emilie Johannas Bruder 1820 heiratete, lernte sie ihren späteren Ehemann kennen, den preußischen Rittmeister August von Scharnhorst (1795–1826), Sohn des berühmten Heeresreformers Gerhard von Scharnhorst. Fünf Jahre später erwarb das Paar Gut Siethen. August war damals aufgrund eines Reitunfalls bereits dienstunfähig. Die Schwägerinnen waren nun auch Nachbarinnen. Allerdings währte das Familienglück auf der Siethener Seite nicht lange. 1826 starb August und ließ «ein kaum einjähriges Töchterchen und eine dreiundzwanzigjährige Witwe zurück». Weitere Schicksalsschläge folgten: 1851 starb Johannas Bruder Leo, 1857 ihre einzige Tochter und ein Jahr später ihre Schwägerin Emilie. Unfreiwillig besaß Johanna nun Gröben und Siethen. Immerhin, merkt Fontane an, «waren jetzt beide alt-schlabrendorfschen Güter wieder in Händen einer geborenen Schlabrendorf vereinigt». Aber nur für ein Jahr. 1859 verkaufte Johanna die Güter und zog in das Herrenhaus von Gröben, das ihr Witwensitz wurde und das Fontane ausschließlich in seinem Notizbuch beschreibt: «Recht hübsch. Zum Theil Anlage der Frau v. Scharnhorst. Guirlanden von wildem Wein, die sich von der Front des Hauses aus in schräger Linie bis zu den Rasenplätzen ziehn.» [F-NB, A21]

Zwar lobt Fontane in seinem biografischen Abriss über Johanna von Scharnhorst deren karitatives Engagement, vor allem die Gründung eines Erziehungs- und Waisenhauses (Tabea-Haus), berichtet aber auch von ihren menschlichen Schwächen. Der Autor sichert sich jedoch ab: Kritisches zitiert er aus brieflichen Mittellungen, die er einleitend zu entschärfen weiß. Die Schattentöne würden ihr Bildnis «nur um so sprechender und anziehender machen».

Als Fontane 1860 Gröben und Siethen erstmals besuchte, lebte Johanna noch. Eine Begegnung zwischen der Gräfin und dem damals noch unbekannten Dichter ist allerdings nicht belegt. Mit Johannas Tod 1867 endete die Ära derer von Schlabrendorf in Gröben und Siethen.

Die Hrsg.

Gräfin Emilie von Schlabrendorf, geborne von Ryssel

Diese Witwe war Gräfin Emilie von Schlabrendorf, geborne von Ryssel. An sie ging jetzt Gröben über, in dem ihr noch, durch volle sieben Jahre hin, ein segensreiches Wirken gestattet war.

In brieflichen Mitteilungen über sie find' ich das Folgende: «Die Gräfin, wie sie kurzweg genannt wurde, war eine Dame von seltener Begabung und Bildung. Was Gröben durch drei Jahrzehnte hin war, war es, ohne den mitwirkenden Verdiensten anderer zu nahe treten zu wollen, in erster Reihe durch sie. Sie gab den Ton an, sie bildete den geistigen Mittelpunkt, und war – übrigens ohne schön zu sein – mit jener anmutenden Vornehmheit ausgestattet, wie wir uns etwa die Goethesche Leonore[40] denken.

Ihr Interesse wandte sich allen Gebieten des Wissens zu, was ihr aber, meines Erachtens, eine noch höhere Stellung anwies, das war ihre mustergültige Hausfrauenschaft und ihr unbegrenzter, auf Näh und Ferne gerichteter Wohltätigkeitssinn. Immer bereit zu helfen, war doch die gleichzeitig von ihr gewährte geistige Hilfe fast noch trost- und beistandsreicher als die materielle, so reichlich sie diese bot. Es konnte dies geschehen, weil ihr die seltene Gabe geworden war, den ihr aus der Fülle der Erfahrung beinahe mehr noch als aus der Fülle des Glaubens zu Gebote stehenden Rat immer nur in einer allerschonendsten Weise zu spenden. In Grundsätzen streng, war sie mild in ihrer Anwendung und überall richtete sie die Herzen auf, wo ihre vertrauenerweckende Stimme gehört wurde.

Selbstverständlich eigneten einer solchen Natur auch erzieherische Gaben, und da ihre Ehe kinderlos geblieben war, so war nichts natürlicher, als dass sie – wie zur Erprobung ihrer pädagogischen Talente – Kinder, namentlich junge Mädchen, ins Haus nahm. Es waren dies Töchter aus achtbaren aber einfach bürgerlichen Häusern, und ihr Erziehungstalent erwies sich in nichts so sehr, als in der Art und Weise, wie sie diese jungen Mädchen an allem, was das Haus gesellschaftlich gewährte, teilnehmen ließ und sie doch zugleich für die Lebensstellungen erzog, in die sie, früher oder später, wieder zurücktreten mussten. Es gelang ihr, ihren Pfleglingen eine Sicherheit im Auftreten und in den Formen zu geben, ohne dass infolge davon der gefährliche, weil so selten zu Vorteil und Segen führende Wunsch in ihnen aufgekeimt wäre, die bescheidenere Geburtsstellung mit einer anspruchsvolleren zu vertauschen. All das, ohne jemals durch Hervorkehrung dessen, was man Standesvorurteile nennt, auch nur einen Augenblick verletzt zu haben. Es war ihr eben einfach die Gabe geworden, in Liebe den Glauben zu wecken: ‹in allem lebt Gottes Wille, und wie es ist, ist es am besten›.»

So die Mitteilungen solcher, die die Gräfin noch persönlich gekannt haben. Aber eines vermiss' ich darin: ein Hervorheben dessen, was ihr, ich will nicht sagen ausschließlich oder auch nur vorzugsweis, aber doch jedenfalls mitwirkend, ihren Einfluss sicherte. Dies war ihr *Katholizismus*. Zunächst ihr Katholizismus als einfache Tatsache.

Wer ein Auge für diese Dinge hat, dem kann es nicht entgehen, dass der Katholizismus, all seiner vielleicht berechtigten Klagen und Anklagen unerachtet, eine nach mehr als einer Seite hin bevorzugte Stellung unter uns einnimmt, und zwar am entschiedensten in dem Gesellschaftsbruchteile, der sich die «Gesellschaft» nennt. Es geht dies so weit, dass Leute, die sonst nichts bedeuten, einfach dadurch ein gewisses Ansehen gewinnen, dass sie Katholiken sind. Wie gering ihre sonstige Stellung sein mag, sie werden einer Art Religionsaristokratie zugerechnet, einer Genossenschaft, die Vorrechte hat und von der es nicht bloß feststeht, dass sie gewisse Dinge besser kennt und weiß als wir, sondern der es, infolge dieses Besserwissens, auch zukommt, in eben diesen Dingen den Ton anzugeben. Also zu herrschen.

Unserer Gräfin Herrschaft aber verdoppelte sich und wurd' erst recht eigentlich, was sie war, aus der weit über die bloße Tatsächlichkeit ihres Katholizismus hinausgehenden schönen und klugen *Betätigung* desselben. Sie war eine strenge Katholikin für sich, in der Berührung mit der Außenwelt jedoch, insonderheit mit der ihr in gewissem Sinne wenigstens unterstellten Gemeinde betonte sie stets nur *das*, was beiden Konfessionen das Gemeinschaftliche war, und übte die hohe Kunst einer Religionsäußerung, die der eigenen Überzeugung nichts vergab und die der andern nicht kränkte. Sie hatte dies am *sächsischen* Hofe gelernt und zeigte sich beflissen, diesem Vorbilde schöner Toleranz in allen Stücken nachzuahmen. Es geschah dies in einer ganzen Reihe von Guttaten und kleinen Stiftungen, am erkennbarsten in dem einem Neubau gleichkommenden Umbau der lutherischen Gröbener Kirche, den sie, von der Vorahnung erfüllt, dass sie das Ende desselben nicht mehr erleben würde, durch Kapitalsdeponierungen sicherstellte.

Den 2. September 1858 starb sie, sechzig Jahre alt, und wurde, den dritten Tag danach, ihrem ausdrücklichen Willen gemäß, auf dem protestantischen Kirchhofe der Gemeinde beigesetzt.

Gröben selbst aber fiel an die *Schwägerin* der Gräfin, an die noch lebende Schwester des bereits 1851 verstorbenen Grafen Leo.

Frau Johanna von Scharnhorst, geborne Gräfin von Schlabrendorf

Diese noch lebende Schwester des Grafen Leo war Frau Johanna von Scharnhorst, geborne Gräfin von Schlabrendorf. Sie trat ihr Erbe (Gut Gröben) an und da sie, wie weiterhin erzählt werden wird, einige Jahrzehnte vorher auch in den Besitz von Siethen gekommen war, so waren jetzt beide altschlabrendorfschen Güter wieder in den Händen einer geborenen Schlabrendorf vereinigt. Freilich nur auf kurze Zeit. *Ein* Jahr nur von 1858 bis 1859. Eh' ich aber von diesem Wiederaufgeben des Gesamtbesitzes spreche, sprech' ich, zurückgreifend, über den Lebensgang der Frau von Scharnhorst bis zu jenem Zeitpunkte (1858), wo Gröben ihr zufiel.

Comtesse Johanna wurde, wie schon hervorgehoben, am 22. April 1803 aus der zweiten Ehe des Grafen Heinrich von Schlabrendorf, die derselbe mit einem Fräulein von Mecklenburg geschlossen hatte, geboren. Es scheint, die Mutter starb früh und überließ Erziehung und Fürsorge dem exzentrischen Vater, der sich dieser Aufgabe denn auch auf seine Weise, das heißt widerspruchsvoll, unterzog. Er liebte die Kleine schwärmerisch und duldete beispielsweise nicht, dass sie von jemand anderem als von ihm oder einer ihr beigegebenen Bonne berührt wurde. Sollte sie spazierenfahren, so stand er bereit, um ihr kavaliermäßig die Hand zu reichen oder sie, solange sie noch klein war, in den Wagen hineinzuheben. Aber diese Galanterien erfuhren doch auch wieder Ausnahmen und waren jedenfalls von nicht allzu langer Dauer. Als die Reisepassion über ihn kam, schwand ihm die Lust, sich um das Comtesschen noch weiter zu kümmern, und er begnügte sich von nun an damit, sie nach hierhin und dorthin in allerlei Pensionen zu geben, am liebsten in ländliche Pfarrhäuser, in denen oft die wunderlichsten Zustände herrschten und Albernheiten und Unpassendheiten um den Vorrang stritten. Aber all dies berührte sie wenig, und glücklichere Tage kamen, als der alte Graf mehr und mehr zurücktrat und die mütterliche Verwandtschaft der immer reizender werdenden Comtesse sich dieser anzunehmen begann. In Sommerzeit war sie mit in den Ostseebädern, am häufigsten in Doberan, und in einer Vierschimmel-Equipage ging es dann über die Felder hin oder auch wohl bis an den Heiligen Damm, wo zweierlei gleich wichtiges und gleich großes zu sehen war: der Hof und das Meer.

Aber dies alles liegt unbestimmt zurück und klarere Bilder treten uns aus dem Jugendleben der Gräfin erst von dem Tag an entgegen, wo sich die gesamte Familie, Geschwister und Vetterschaft, in Trier zusammenfand, um im Hause des alten General von Ryssel die Vermählung zwischen Emilie von Ryssel und Graf Leo von Schlabrendorf zu feiern. Unter den Schlabrendorfs, die mit erschienen waren, war auch Comtesse Johanna, damals erst siebzehn Jahr alt, und der alte Spruch sollte sich bei dieser Gelegenheit aufs neue bewahrheiten «auf jeder Hochzeit eine neue Verlobung». Ihr Tischnachbar war August von Scharnhorst, Rittmeister in dem damals zu Trier in

Garnison stehenden 8. Ulanenregiment, und ungefähr um dieselbe Zeit, in der Graf Leo das schwiegerelterliche Haus in Trier aufgab, um das kurz zuvor erstandene Gröben zu beziehen, erfolgte die Verlobung und bald danach auch die Verheiratung des tischnachbarlichen Paares: des Rittmeisters August von Scharnhorst und der Comtesse Johanna von Schlabrendorf.

Aber auch die Tage *dieses* Paares waren in Trier gezählt. Wie Gröben, so geriet auch Siethen, das seine Besitzer innerhalb der letzten dreißig Jahre mehrfach gewechselt hatte, mal wieder zu Verkauf und Graf Leopold, als er davon hörte, fragte sofort bei Schwester und Schwager an, «ob sie vielleicht geneigt seien, das plötzlich wieder frei gewordene Siethen käuflich an sich zu bringen?» Unter gewöhnlichen Verhältnissen würde die Frage wahrscheinlich mit einem «Nein» beantwortet oder noch viel wahrscheinlicher gar nicht gestellt worden sein, in Trier aber lagen die Dinge bereits außerhalb des Gewöhnlichen, indem August von Scharnhorst durch einen Sturz vom Pferde sich sehr erheblich und zwar bis zur Dienstunfähigkeit verletzt, auch infolge davon sein Entlassungsgesuch bereits eingereicht hatte. So wurde denn freudig zugestimmt und 1825 der Ankauf von Siethen bewerkstelligt, das nun – so wenigstens ging der Plan – für das junge Scharnhorstsche Paar eine gleich glückliche Heimstätte werden sollte, wie das Schwesterdorf Gröben es für das Schlabrendorfsche bereits war. Aber dieser Plan scheiterte. Des um diese Zeit bereits als Major aus dem Dienste geschiedenen Rittmeisters von Scharnhorst gesundheitliche Störungen waren größer als geglaubt, er kränkelte viel, und schon ein halbes Jahr nach Übernahme des Gutes starb er in Berlin (Oktober 1826), wohin er sich in ärztliche Behandlung begeben, und ließ in Siethen ein kaum einjähriges Töchterchen und eine dreiundzwanzigjährige Witwe zurück.

Ein hartes Los war dieser gefallen. Und doch hatte sie dreierlei, was ihr das Leben allmählich wieder lebenswert machte: das Kind, die Schwägerin drüben in Gröben und als drittes den Wetteifer mit dieser in allen guten Werken. Im Beglücken anderer erhob sie sich zu neuer Kraft, und als die Tochter (auch eine Johanna) zu jedermanns Freude heranwuchs und immer mehr das Licht ihres Lebens wurde, da kam ihr auch ein Gefühl des *Glückes* wieder und in und mit ihm die *Hoffnung*, die *mehr* ist als das Glück.

Aber diese Hoffnung erblasste vor der Zeit und schwand endlich hin für immer. Die Tochter erkrankte, von einem hitzigen Fieber befallen, und starb im schwäbischen Wildbad, wohin sie sich in Begleitung ihrer damals noch lebenden Gröbener Tante begeben hatte.

Das war im Herbst 1857. Untröstlich war die Mutter, die nun in Einsamkeit den Rest ihres Lebens durchlebte. [...]

Alles, was der Mutter noch an Lebensfreude geblieben war, war nun dahin, und das einfache Haus, das seitens der Tochter vor wenig Jahren erst zum Troste Verwaister gegründet worden war, es war jetzt wie mitgegründet für *sie*. Denn sie war auch verwaist, eine verwaiste Mutter, und der Tochter zu folgen der einzige Wunsch noch, der ihr Herz erfüllte. Sie sehnte sich nach Wiedervereinigung mit ihr, und als der Todesjahrestag gefeiert werden sollte, sagte sie: «Mir ist, als ob wir heut ihren Geburtstag feierten. Ich fühle mich fremd und allein hier und möchte sie doch nicht wiedersehn auf dieser armen Erde.»

Von Aufgaben war ihr nur noch *eine* geblieben: Ausführung

alles dessen, was der Tochter einst ein Wunsch gewesen. Und sie begann damit. Aber eh ein Jahr um war, unterbrach ein neuer Todesfall das eben erst Begonnene: die verwitwete Gräfin Schlabrendorf starb und hinterließ ihr, der Schwägerin, das Gröbener Erbe. Dies hätte nun unter Umständen eine Freude sein können, aber es entsprach wenig den Frau von Scharnhorstschen Ansprüchen und Neigungen, und von dem Augenblick an fast, wo sie das Erbe hatte, beschäftigte sie der Wunsch, es wieder los zu sein. Sie fühlte sich durch dasselbe nicht gefördert und gehoben, sondern nur beengt und gebunden in *dem*, was ihr einzig und allein noch in der Seele lag, und so kam sie zu dem Entschlusse, *beide* Güter zu verkaufen. Aber an wen? «Nur an einen Wohlhabenden», so schrieb sie, «der meinen braven Leuten, wenn sie des Beistandes bedürftig sind, diesen Beistand auch leisten *kann* und leisten *will* – nur an einen wohlhabenden Mann von ehrenwerter und frommer Gesinnung will ich die Güter verkaufen, ohne Rücksicht auf einen höheren oder geringeren Preis.» Einen solchen Käufer glaubte sie schließlich in Herrn von Jagow-Rühstädt, Erbjägermeister der Kurmark Brandenburg, gefunden zu haben, der denn auch, nach längeren Unterhandlungen, die beiden Güter für die Summe von 120 000 Talern an sich brachte. Sie selbst erhob nur noch den Anspruch: in Gröben das Herrenhaus beziehen und es auf Lebenszeit als ihren Witwensitz ansehen zu dürfen. Diese Bedingung wurde gern erfüllt, und im Frühjahr 1860 erfolgte Frau von Scharnhorsts Übersiedlung aus dem Herrenhause zu Siethen in das zu Gröben. Es wurd ihr sehr schwer, dieser Umzug und Ortswechsel, und ich finde darüber in einem mir vorliegenden Schwesternbriefe das Folgende: «Frau von S. ließ mich rufen, und wir waren nun das letzte Mal in dem traulichen Siethner Herrenhause zusammen, in dem sie vierunddreißig Jahre lang in Segen gewirkt hatte. Sie war sehr ernst, las mit mir das zweiundvierzigste Hauptstück aus Thomas a Kempis' ‹Nachfolge Christi› und rief dann ihre Leute herein, um sich von ihnen zu verabschieden. Alles weinte. Danach erhob sie sich, sah sich noch einmal in den alten Räumen um und ging endlich, meine Hand ergreifend, mit mir nach dem Asylhause hinüber. Da legte sie sich nieder, und erst als sie wieder Fassung gewonnen hatte, fuhr sie nach Gröben, das nun, wider ihren Willen, ihr neues Heim geworden war.»

In diesem lebte sie noch sieben Jahr, all jenen Aufgaben hingegeben, die die schöne Hinterlassenschaft ihrer Tochter Johanna bildeten. An die Stelle des alten Fachwerkhauses in Siethen, das fünf Jahre lang und länger als Zufluchts- und Pflegestätte gedient hatte, trat ein massiver Neubau, der den Namen «Tabea-Haus» erhielt, auf dem Kirchhof ebendaselbst entstand eine Grabkapelle nebst einer daran anschließenden geräumigen Leichenhalle, vor allem aber wurd ein Kapital angesammelt und deponiert, aus dem, nach Ablauf einer bestimmten Frist, ein Pfarrhaus und eine selbständige Siethner Pfarre gegründet werden sollte. Die Durchführung all dieser Pläne bot ihr das, was ihr ein immer einsamer werdendes Leben überhaupt noch bieten konnte: den Trost und die Freude der Arbeit. Ebenso wuchs ihre Liebe zu den Kindern, deren Heiterkeit sie suchte, wie der Fröstelnde die Sonne sucht.

Endlich aber war die Stunde da, nach der sie sich seit lange gesehnt. «Als ich von Siethen herüberkam und ihre Hand fasste, kannte sie mich nicht mehr; sie war ohne Bewusstsein. Der Geistliche las ihr, wie sie's in gesunden Tagen eigens gewollt hatte, Bibelsprüche vor, von denen sie den schönen

Glauben unterhielt, dass dieselben auch ihren umnachteten Geist durchdringen, ihr Herz erheben und Trost und Heil ihr spenden müssten. Und unter diesen schönsten und schlichtesten Litaneien schlief sie hinüber.»

«An geistiger Bedeutung», so darf ich brieflichen Mitteilungen entnehmen, «stand Frau von Scharnhorst der Gräfin Leo Schlabrendorf nach, aber sie war dieser an Gemüt und Zartheit überlegen. Und dieser Zartheit unerachtet auch an *Originalität*. Es war dies der Schlabrendorfsche Zug in ihr, etwas Geniales, Sprunghaftes und Blitzendes, das, so gemildert es auftrat, doch gelegentlich an den exzentrischen Vater erinnerte.

Ihrer Liebenswürdigkeit vermochte nicht leicht wer zu widerstehn, und Personen gegenüber, zu denen sie sich hingezogen fühlte, bezeigte sie sich von einer Anmut, von der schwer zu sagen war, ob sie mehr aus ihrer Gefühls- oder ihrer Denkart entspross. Sie hatte den ganzen Zauber der Wahrhaftigkeit und einer christlich edlen Gesinnung.

Am ausgesprochensten aber erwies sich ihr Wesen in ihrer Pflichterfüllung und Hingebung, die vielfach den Charakter absoluter Selbstverleugnung an sich trug. Es war ihr Bedürfnis, ihr eignes Glück dem andrer zum Opfer zu bringen. Vielleicht (wenn dies je möglich ist) ging sie hierin um einen Schritt zu weit.»

Ein andrer Zug ihres Charakters war ihre Gleichgültigkeit gegen irdischen Besitz, ja fast ihre Verachtung desselben, und noch ihre letzten Lebensjahre gaben einen glänzenden Beweis davon. In derselben Stunde fast, in der seitens des Herrn von Jagow die Kaufsumme für Gröben und Siethen an sie gezahlt worden war, erschien ein Anverwandter von ihr, um ihr seine

Verlegenheiten zu schildern. Verlegenheiten, die nicht klein waren und ungefähr wenigstens an die Höhe der eben empfangenen großen Summe heranreichten. Einen Augenblick zögerte sie, weil die Plötzlichkeit und Berechnetheit des Überfalls ihr eine nur zu begreifliche Missstimmung bereitete, dann aber holte sie mit nervöser Hast alle die kaum erst in ihren Taschen untergebrachten Päckchen aus ebendiesen Taschen wieder hervor und schob sie hastig und stoßweise dem fast ebenso verdutzt wie glückselig und verhimmelnd Dastehenden zu, der aus jeder dieser Bewegungen entnehmen musste, dass sie das Geld, aber freilich auch den Empfänger so bald wie möglich los zu sein wünsche.

Hieran knöpf ich noch, was ich den Aufzeichnungen einer [...] Kaiserswerther Schwester entnehmen konnte: «Mit Frau von Scharnhorst zu verkehren oder sie zu kennen, ohne sie zu lieben, wäre für jeden Menschen unmöglich gewesen. Wenn eins unserer Kinder erkrankte, bestand sie darauf, die Nachtwachen mit uns zu teilen. Ein andermal, als Fräulein Johanna noch spät am Abend nach einem eine Stunde Wegs entfernten Dorfe gerufen wurde, wollte sie die Tochter bei so später Stunde den einsamen Weg nicht machen lassen, und als diese hinwiederum nicht abließ, auf die Hilfe hinzuweisen, die zu bringen ihre Pflicht sei, ging die Mutter selbst aller Tagesmüdigkeit unerachtet.

Unter dem vielen, was ihr oblag, war auch das Ökonomische, die gesamte Wirtschaftsführung, und es zählte mitunter zu den allerschwierigsten Aufgaben, alle Kranken und sonstigen Hausinsassen aus ihrer, der Frau von Scharnhorst, Küche mit zu versorgen. Als ich dann später selbst das Wirtschaftliche lernte, schien es mir mitunter, als verführe sie zu peinlich und akkurat und mache mir die Lehrzeit schwerer als nötig. Aber später hab ich einsehen gelernt, wie dankbar ich ihr gerade für diese strenge Schule zu sein hatte.

Schön war auch *das* an ihr, dass sie durch Enttäuschungen und Fälle von Vertrauensbruch – immer vorausgesetzt, dass es ein Sachliches war und nicht allerunmittelbarst ihre Person traf – in ihrem Allgemeinvertrauen *nicht* erschüttert wurde. Sie beklagte dann wohl das einzelne Vorkommnis, aber ließ es keinen Einfluss auf ihre nur auf Trost und Hilfe gerichteten Entschlüsse gewinnen.»

Selbstverständlich mischten sich auch menschliche Schwächen in ihr Tun, und das Nachstehende, das mir von *andrer* Seite her zugeht und ihrem Bildnis ein paar Schattentöne gibt, wird dasselbe nur um so sprechender und anziehender machen.

«Unzweifelhaft, Frau von S. war eine durchaus vornehme Natur und ausgerüstet mit allen Tugenden eines edlen und großmütigen Herzens. Aber *eines* fehlte ihr: die rechte Freudigkeit der Seele, was ich doch mehr als einmal als einen wirklichen Mangel empfunden habe. Sie stand nicht nur in der Melancholie, nein, sie pflegte sie direkt, und das alte Fräulein von Görtzke traf es durchaus, als sie mal in ihrer humoristisch-treuherzigen Weise sagte: ‹Frau Johanna fühlt sich nur wohl, wenn sie neben ihrer alltäglichen Sorge noch ein ganz besonderes Unglück in der Tasche hat.› In der Tat, es war ihr von Jugendtagen an viel auferlegt worden, indessen doch nicht so viel, dass nicht ein glücklicheres Naturell es hätte bemeistern können. Sie *wollt* es aber nicht und suchte nur umgekehrt nach allem Bittren des Daseins, das für sie längst das Süße geworden war. In ihrem feinen Nervenleben auf jedes Kleinste reagierend, leicht empfindlich und verletzt und als echte Schlabrendorf auch Stimmungen und selbst Launen unterworfen, gelang es ihr *nicht*, zu jenem schönen Frieden der Seele durchzudringen, nach dem sie sich beständig sehnte. Sie verzieh Kränkungen völlig, aber sie vergaß sie nicht, und so blieb ihr beständig ein Stachel im Gemüte, der sein Wesen dadurch nicht einbüßte, dass er sich zumeist und in erster Reihe gegen sie selber richtete. So wurde sie denn, alles Kämpfens und Strebens unerachtet, von Jahr zu Jahr immer bitterer, und viele kleine Züge legen Zeugnis davon ab. Einer, als besonders charakteristisch, mag hier eine Stelle finden. Es existierten zwei Bilder von ihr, die der Düsseldorfer Professor Hildebrandt in den Tagen seiner und ihrer Jugend gemalt hatte. Das eine dieser Bilder besaß sie selbst, das andere war eine Kopie, die sich ihr Bruder, Graf Leo, bei demselben Maler bestellt hatte. Auch dies zweite Bild kam in ihren Besitz, als sie, nach dem Tod ihrer Schwägerin, der Gräfin Emilie von Schlabrendorf, die Gröbner Erbschaft angetreten. Aber davon ausgehend, dass ihr Andenken und Gedächtnis in keinem Herzen, ihre Siethner Gemeinde vielleicht ausgenommen, liebevoll fortleben werde, war es ihr widerwärtig, ihre Bilder in die Hände fremder und gleichgültiger Menschen übergehen zu sehen. Und so ließ sie denn im Sommer 66, in demselben Sommer, der ihrem Tode vorausging, beide Bilder wohlverpackt in eine Gondel bringen, stieg selbst hinein, fuhr mitten auf den Gröbner See hinauf und versenkte sie daselbst. Mit den Bildern zugleich allerhand Briefschaften und Erinnerungen aus ihrer Jugendzeit.»

Auf dem Siethner Kirchhofe ruht sie neben der ihr voraufgegangenen Tochter, und die Schöpfungen beider umstehen ihr Grab. An den Schluss ihrer Lebensschilderung aber stell ich folgende Worte: «Zu dem seltenen Glück einer harmonischen

Übereinstimmung in Lebensauffassung, häuslichem Verkehr und Freundesumgang gesellte sich hier als seltenste der Gnaden eine jeden Tag neu gesegnete Tätigkeit, eine *Wirkungssphäre*, wie sie sich einer stillen und hingebenden Liebe zwar nicht ohne Müh und Arbeit, aber doch ihrer ganzen Natur nach fast wie von selber erschloss.»

9

Die Netzwerkerin: Mathilde von Rohr

Mathilde von Rohr (1810–1889) nimmt in der Galerie der *Wanderungen*-Frauen eine besondere Rolle ein. Zum einen bestand zwischen Fontane und ihr eine enge persönliche Beziehung, zum anderen gelangte der Essay über Mathilde von Rohr zu Fontanes Lebzeiten in keinen der vier Bände. Dennoch sind Fontane, seine *Wanderungen* und das adlige Stiftsfräulein untrennbar miteinander verbunden.

Nachdem sich Fontane und Mathilde um den Jahreswechsel

1859/1860 kennengelernt hatten, entwickelte sich eine über drei Jahrzehnte andauernde Freundschaft, die auch anhielt, als Mathilde 1869 in das Damenstift Dobbertin übersiedelte. Wie vertraut es zwischen Dichter und Konventualin zuging, dokumentieren die über zweihundert erhaltenen Fontane-Briefe an «mein gnädigstes Fräulein». Ihre «freundschaftliche Gesinnungen» zählte er zu den «Errungenschaften» seines Lebens.

Mathilde steht Fontane nicht nur mit Rat und Tat zur Seite, sondern versorgt ihn mit zahlreichen Informationen über märkische Adelsgeschlechter, die der Autor in den *Wanderungen* und einigen Romanen verarbeitet. Der Plot zu *Schach von Wuthenow* stammt beispielsweise von ihr. Auch die Entstehung der Dosse-Kapitel «Trieplatz» und «Tramnitz» für die dritte Auflage der *Grafschaft Ruppin* (1875) wären ohne ihre Mithilfe nicht denkbar gewesen. Schließlich war Mathilde in Trieplatz geboren und aufgewachsen.

Nach seiner Reise ins Ruppiner Land im Herbst 1873 schrieb Fontane, er könne mit dem Ergebnis «sehr zufrieden sein; es hat mir mannigfachen und zum Teil *sehr* guten Stoff abgeworfen. Hierher rechne ich auch *Trieplatz*, wobei ich freilich nicht vergessen darf, daß ich die Hauptsache Ihnen persönlich zu verdanken habe» [F-ROHR, S. 203]. Der Ort Trieplatz, der in den *Wanderungen* den Untertitel «Ein Kapitel von den Rohrs» erhielt, sollte ihrer Familie gewidmet sein. Daher verwundert es, dass Mathilde in diesem Kapitel keine Rolle spielt. Sie wird nicht porträtiert. Auch nicht als Informantin. Sie wollte es nicht.

So tritt sie im «Ganzer»-Kapitel nur als Ghostwriterin auf. Fontane beschreibt, wie er im «Jürgaßschen Herrenhause» einer schlanken, blassen Dame («Tante Helene») begegnet, die ihm «alles schreibt und erzählt, was ich von meinem hochverehrten Fräulein v. Rohr, die das Glück hat, gesund zu sein und gar nicht blaß auszusehn, alles erfahren habe. Übrigens kann kein Mensch erraten», beruhigt er Mathilde in seinem Brief vom 2. September 1861, «daß es von Ihnen stammt» [F-ROHR, S. 43].

Mathilde von Rohr in den *Wanderungen* zu würdigen, hatte Fontane aber durchaus vor. Ende Dezember 1888 fragte er bei seinem Verleger Hertz an, ob eine neue Auflage des Ruppiner Bandes – es ging um die fünfte und letzte Auflage zu Fontanes Lebzeiten, die 1892 als «Wohlfeile Ausgabe» erscheinen sollte – denkbar sei und ob er, um «das Werk abzurunden», auch ein Kapitel über Mathilde von Rohr («ein wundervoller Stoff») aufnehmen könne. Das komme allerdings «nur in Frage, wenn sie bis dahin nicht mehr unter uns weilen sollte, lebt sie länger, so kommt *dies* Kapitel in Wegfall» [F-HERTZ, S. 307].

Mathilde starb ein Jahr später und Fontane reichte das Kapitel bei Hertz ein, veröffentlicht wurde es nicht. Jeannette von Bülow, «die Erbin meiner Fräulein-v. Rohr-Freundschaft», der er den Aufsatz «zur Begutachtung» [F-HERTZ, S. 340 f.] geschickt hatte, machte dem Vorhaben einen Strich durch die Rechnung. Fontane konnte sich mit ihr ungeachtet seiner «Aenderungsgeneigtheit» nicht einigen. [F-HERTZ, S. 342] Immerhin erschien der Aufsatz «Mathilde von Rohr» im gleichen Jahr in der Zeitschrift *Daheim*. Fontanes Tochter Martha sorgte dafür, dass der Beitrag in der achten Auflage von 1903 posthum in die *Wanderungen* aufgenommen wurde.

Die Hrsg.

Mathilde von Rohr
Konventualin zu Kloster Dobbertin
† 16. September 1889

I

In ihrer Nummer vom 19. September 1889 brachte die «Kreuz-Zeitung» folgende Anzeige:

> «Am 16. September, 11 Uhr vormittags, verschied nach
> langem, schwerem Leiden im 80. Lebensjahr unsere
> geliebte Tante, Großtante und Schwägerin
> Fräulein Mathilde von Rohr
> aus dem Hause Trieplatz,
> Conventualin zu Kloster Dobbertin.
> Im Namen der Hinterbliebenen Christian von Rohr,
> Hauptmann und Kompaniechef im 3. G.-Gr.-Reg.
> Königin Elisabeth[41].»

Das alte Fräulein hatte ich das Glück zu kennen und von ihr und der guten alten Zeit, die wenigstens dann und wann eine wirklich gute alte Zeit war, will ich in nachstehendem erzählen.

Mathilde von Rohr wurde den 9. Juli 1810 als fünfte Tochter ihrer Eltern in Trieplatz geboren. Ihr Vater, früher Adjutant beim General von Knobelsdorf, war ein Mann von Gesinnung und Bildung, die Mutter (eine von Hünecke) eine Schönheit, die sich schon mit achtzehn Jahren verheiratet hatte. Das fiel in den Anfang des Jahrhunderts. Es waren harte Zeiten, als die Kinder geboren wurden – die Franzosen im Lande, Durchmärsche, Lieferungen ohne Zahl, und so hielt es denn schwer sich durchzukämpfen. Auch die Jahre nach dem Kriege waren Jahre harter Entbehrung. Mit dem zehnten Jahre kam Mathilde nach Brandenburg in Pension, aber nicht auf lange; zwei Jahre später war sie wieder bei den Eltern und weil Trieplatz keinen Prediger und keine passende Schule hatte, musste sie jeden Tag zum Unterricht nach dem eine halbe Meile entfernten Brunn. Während der langen und hellen Sommertage bot das keine Schwierigkeit und Gefahr, aber winters war es oft schon dunkel, wenn sie den Rückweg antrat, und der Vater, den es ängstigte, das halberwachsene Mädchen so allein auf der verschneiten Landstraße zu wissen, ging ihr dann entgegen. Mit ihm, immer auf tausend Schritt voraus, war sein Hund, der bei jedem Waldeck anschlug, um die in der Winterdämmerung Heimkehrende schon von weither wissen zu lassen «wir sind da». Dieser Unterricht in Brunn dauerte bis zur Einsegnung.

Das Leben im Trieplatzer Hause war sehr einfach, selbst in die Kirche kam man wenig, weil der Prediger nur selten nach dem Filial herüberkam, und so ging man denn sonntags früh auf Wald und Feld hinaus, wo seitens des Vaters eine Art Gottesdienst abgehalten wurde. Man begnügte sich damals mit wenig und Gott anbeten in der Natur war so gut wie was anderes. Es kam bloß auf «Andacht» an, ein Standpunkt, der für ketzerischer gilt, als er vielleicht sein sollte.

Das Leben im Hause war von einer rührenden Einfachheit, für die wir heute Sinn und Verständnis verloren haben. Erst im Alter kommt man wieder dahinter, «dass das eigentlich das Wahre sei». Die Töchter hatten die Wirtschaft zu führen und morgens um vier mit dem Melken zu beginnen. Ein Übelstand war es, dass die junge Männerwelt mit einer Art Geflissentlichkeit von Trieplatz ferngehalten wurde, weil der alte Rohr seine Töchter für sich behalten wollte. Das ging so weit, dass, als einer der Gutsnachbarn, ein reicher adliger Herr, um Mathilden anhielt, dieser Antrag vor ihr verschwiegen und ihr erst viele Jahre später zur Kenntnis gebracht wurde. Sie hätte ihn übrigens doch nicht genommen, denn so reich er war, so moralisch fragwürdig war er, ein Punkt, in dem Mathilde von Jugend auf sehr diffizil war. Alles, um es noch einmal zu sagen, trug den Stempel höchster Einfachheit, trotzdem hatte das Leben einen großen Reiz, so groß, dass Frau von Romberg, eine geborene Gräfin Dönhoff, die zu jener Zeit als junge Gutsherrin auf dem benachbarten Brunn lebte, mir noch nach fünfzig Jahren schreiben konnte: «Trieplatz war damals ein Idyll ohnegleichen und ich kann Ihnen nicht aussprechen, wie uns jedesmal ums Herz war, wenn ich mit meinem Manne vorfuhr und die schönen jungen Mädchen in ihren einfachen Hauskleidern, aber alle wie aus dem Ei gepellt, auf uns zukamen, aus Stall und Küche, vom Butterfass und von der Bleiche. Zuletzt erschien dann auch der stattliche Vater vom Felde her, wo er die Aufsicht geführt, das weiße Haar im Winde um die hohe Stirn fliegend und die schönen tiefblauen Augen unter den buschigen Brauen von Freundlichkeit leuchtend. Es war alles reizend in seiner Patriarchalität und Gastlichkeit und ich kann Ihnen nicht sagen, wie tief sich mir diese Bilder eingeprägt haben.

Dabei der alte Rohr ganz Ritter und Offizier und ein Bild schöner Menschenwürde.»

1832 starb der Vater, Trieplatz wurde verpachtet und die Mutter zog mit den Töchtern nach Berlin. Das Haus des der Trieplatzer Familie nahe verwandten Generals von Rohr, damals ein Sammelpunkt der Berliner Gesellschaft, vermittelte Beziehungen und sehr angenehme Tage brachen an. Aber Mathilde trat nicht sonderlich hervor, was darin liegen mochte, dass einige der ältern Schwestern ihr an Klugheit überlegen waren, eine jüngere an Schönheit. Sie kam erst zur Geltung, als sie bei Gelegenheit eines Besuchs in Künkendorf, einem in der Uckermark gelegenen Rohrschen Gute, mit dem alten Bischof Roß bekannt wurde. Dieser, im gesegneten Besitz einer liebenswürdigen, bis ins Greisenalter hinein ihm treu bleibenden Kindernatur, erkannte sofort die besonderen Gaben, die sich in der bis dahin wenig beachteten Mädchenseele bargen, und lud das junge Fräulein in sein Haus, eine Einladung, der sie Folge gab. In diesem Bischof Roßschen Hause schloss sie sich alsbald an die durch Klugheit und pikantesten Esprit ausgezeichnete Enkelin des Bischofs an, an Lina Tendering, später Frau Lina Duncker, der sie durch alle Zeit hin, auch die Lassalle-Zeit[42] nicht ausgenommen, eine treue Freundschaft bewahrte.

Es war um die Wende der dreißiger und vierziger Jahre, dass diese Beziehungen angeknüpft wurden; dieselben erweiterten sich später innerhalb der hauptstädtischen Gesellschaft und erhielten ihren Höhepunkt, als die vorerwähnte Frau von Romberg von ihrem Gute Brunn nach Berlin zog, um hier in Gemeinschaft mit ihrer älteren Schwester, der Gräfin Schwerin, das alte Dönhoffsche, später Stolbergsche Palais in der

Wilhelmstraße 63 zu bewohnen. Seitens dieser Dame (Frau von Romberg), die die Trieplatzer Tage nicht vergessen hatte, wurde das junge Fräulein wie vordem durch Entgegenkommen und Freundschaft ausgezeichnet und sehr bald auch bei der Gräfin Schwerin eingeführt, in deren «blauem Salon» sich ein gut Teil der damaligen ersten Berliner Gesellschaft versammelte. Herren und Damen nahe verwandter, namentlich ostpreußischer und pommersch-uckermärkischer Familien bildeten den Stamm, zu denen sich hervorragende Personen aus Kunst und Wissenschaft gesellten, darunter Maler wie Hopfgarten, Henning, Kretzschmer. Unter den Gelehrten stand der blinde Professor Müller obenan, ein kluger, in literarischen Dingen versierter, zugleich etwas spitzer Herr, der mit seiner «Ironie», einer Blume, die damals noch blühte, den Rest der Gesellschaft mehr oder weniger intimidierte[43]. Nur als sich Graf Fritz Eulenburg, der spätere Minister des Innern, in den Salon einführte, war es mit dieser Herrschaft vorbei. Graf Eulenburgs Sarkasmus war doch noch stärker als die Müllersche Ironie. Neben dem Grafen Eulenburg würde sicherlich auch noch ein anderes Mitglied des Kreises, sowohl seinem Charakter wie namentlich seinem Talente nach, die Kraft zur gesellschaftlichen Emanzipation von dem ironischen Machthaber gehabt haben, wenn eben diesem Mitgliede nicht ein geradezu krankhafter Respekt vor «Wissenschaftlichkeit» innegewohnt hätte. Dieser ganz ohne Not sich Unterordnende war Bernhard von Lepel, junger Offizier im Regiment Kaiser Franz, der um seiner eben damals erschienenen «Lieder aus Rom» willen ebenso schnell der Protegé der Dönhoffschen Schwestern wie ganz im besonderen der intime Freund des Fräuleins Mathilde von Rohr wurde. Diese ganz auf literarischen Interessen aufgebaute, durch drei Jahrzehnte hin fortgeführte Freundschaft hatte schon nach verhältnismäßig kurzer Zeit zur Folge, dass sich von dem großen Zirkel im Dönhoff-Schwerinschen Palais ein kleinerer Zirkel abzweigte, dem Mathilde von Rohr vorstand und in dem, unter Zurücktritt der Maler und Gelehrten, das Dichterelement in den Vordergrund trat.

Ich weiß nicht, wie lange dieser abgezweigte Zirkel schon bestand, als mir eines Tages ein Brief zuging, in dem ich von dem Fräulein von Rohr aufgefordert wurde, «nächsten Sonntag nach dem ‹Tunnel›[44] (dessen Besuch wie Kirchendienst galt und selbstverständlich nicht versäumt werden durfte) den Tee bei ihr zu nehmen». Ich sagte natürlich in freudig gehobener Stimmung zu, war aber nach allem bis dahin in Erfahrung Gebrachtem, wonach das Fräulein etwas von einer Queen Elizabeth haben musste, doch auch in hohem Grade beunruhigt, etwa wie wenn ich in einen geheimen Orden aufgenommen werden sollte.

Schließlich waren Tag und Stunde heran und ich stieg mit Lepel, der den Introdukteur zu machen hatte, die drei Treppen zur Wohnung des Fräuleins hinauf, Behrenstraße 72. Es war ein stilles Haus, das einem Major von Häseler gehörte. Die altberlinische Klingel, deren verbogener Draht nicht recht durch die Öse wollte, wurde von Lepel stark, aber doch auch wieder diskret und wohlanständig gezogen, und eine für den Abend engagierte Aufwärterin, die sich durch ein kleines vertrauliches Lächeln auszeichnete, öffnete. Nun legten wir ab und traten in ein einfenstriges Empfangszimmer, darin uns das Fräulein, eine Dame von damals nahe an fünfzig, in einem schwarzen Atlaskleid empfing. Mit einer Gewandtheit, die teils angeboren, teils innerhalb der verschiedensten Wilhelmstraßenzirkel ausgebildet war, wurden die Honneurs gemacht und mir natürlich gesagt: wie glücklich sie sei, mich nun auch bei sich empfangen zu können. Der Gräfin Schwerinsche Kreis, den ich, wie sie zu ihrer Freude vernommen, demnächst auch kennenlernen würde, sei, bei hundert Vorzügen, doch von ziemlich bunter Zusammensetzung, während sich der kleine Zirkel, der sich bei ihr versammle, lediglich dem Lyrischen und Dramatischen zuwende. So hoffe sie denn, es werde mir gefallen. Unter allen Umständen aber würde ich bald wahrzunehmen imstande sein, wie viele Verehrer meine Dichtungen in dem ihr bekannten Kreise bereits hätten. Ich verbeugte mich; Lepel schmunzelte, was halb der gelungenen Rede, halb dem von ihm mit nur zu vielem Recht angezweifelten Tatbestande galt. Denn so befangen er war und so sehr er die literarischen Tugenden seiner und nun bald auch meiner Freundin überschätzte, so war er doch andererseits unbefangen genug, diese Gefühle nicht auf die Gesellschaft, die sich um das Fräulein versammelte, zu übertragen. Er wusste vielmehr umgekehrt, aus wie literaturabgewandten Persönlichkeiten sich dieser Kreis in seiner großen Mehrheit zusammensetzte. Noch zwei-, dreimal wurde die Klingel gezogen und ehe neuneinhalb Uhr heran war, waren alle Geladenen einander vorgestellt, und die Tür zum Nebenzimmer ging auf. Jeder seine Dame führend, traten wir ein. Hier war es nun wirklich allerliebst. Das Zimmer niedrig, aber doch doppelt so groß als das Empfangszimmer, Lampen und Blumen auf dem Tisch, alles blinkend von Silber und weißestem Linnen.

Wir waren alles in allem acht Personen: Major von Häseler und Frau, Herr von Hünecke und Frau, ein Fräulein Wißling (das Teefräulein der Gräfin Schwerin), dann Fräulein von Rohr selbst, Lepel und ich. Alles steht mir noch in voller Deutlichkeit vor Augen und auch das Gespräch ist mir, wenn nicht in seinem Wortlaute, so doch in seinem Inhalte noch so gegenwärtig, als ob es gestern geführt worden wäre. Man war sehr heiter, alles wohlwollend und die Verpflegung vorzüglich, namentlich auch der Tee, was man damals nicht von allen Berliner Teeabenden sagen konnte. Wir hatten zu Kaviar- und Sardellenbrötchen einen kalten Braten, einen Reh- oder Hammelrücken, den Trieplatz oder irgendein befreundetes Gut in Havelland oder Ruppin geliefert hatte. Zum Schluss kam dann «Götterspeise», die ihrem Namen Ehre machte; sie bestand aus in Rum oder Kognak getränkten Biskuitscheiben, Himbeerkompott und Schlagsahne, welche dreifache Schicht sich dreimal wiederholte. Zum Schluss wurden Apfelsinen zurechtgemacht, aber während wir unter Andauer dieser harmlosen Beschäftigung bemüht waren, unser Gespräch, das sich meist um Theater und die mit den Häselers befreundete Familie Hülsen drehte, fortzusetzen, war es ganz ersichtlich, dass sich unserer liebenswürdigen Wirtin eine gewisse Unruhe bemächtigte, die von Minute zu Minute wuchs und sich namentlich auch in ihren auf die jedesmalige Frage nicht mehr recht passenden Antworten zu erkennen gab. Dabei sah sie immer eindringlicher nach der Stutzuhr ihr gegenüber, auf der ein goldener Saturn mit Urne lag, bis sie zuletzt die Konversation kurz abschnitt, indem sie kategorisch bemerkte: «Die Herren werden jetzt etwas lesen.» Nun schwieg alles, während sie selbst unter einer kleinen Verbeugung fortfuhr: «Herr von Lepel und Herr Theodor Fontane wollen nämlich die Güte haben, uns eine von ihnen herrührende ‹Terzine›[45] zu lesen.» Ich wollte, weil ich glaubte, dass sich das Fräulein versprochen habe, die Sache richtig stellen, Lepel aber warf mir einen grotesk ernsten Blick zu, der mich verstummen machte, während das Fräulein unbefangen hinzusetzte: «Diese Strophen bilden nämlich eine Art Rede und Gegenrede, wie zwei Advokaten, von denen jeder seine Sache verteidigt. Wie lautet doch das Thema?» Lepel, der bereits sein Manuskript aus der Tasche gezogen hatte, sagte: «Das Thema lautet: ‹Reden ist Silber, Schweigen ist Gold› und bildet eine Tenzone[46] zwischen mir und meinem Freunde Fontane.» Er betonte das Wort «Tenzone», Fräulein von Rohr aber merkte nichts, denn Terzine oder Tenzone war ihr dasselbe. Sie hatte viele herrliche Gaben und Lyrik war ihr Ideal. Aber die Nomenklatur italienischer Formen und nun gar diese Formen selbst waren ihr ein Geheimnis geblieben.

Lepel und ich lasen nun unsere Tenzone. Dann trat die herkömmliche Verlegenheitspause ein. Der alte Häseler wribbelte an seinem Husarenschnurrbart, während seine Frau, älter als er und schon nahe an achtzig, ihren schwarzen Scheitel, der sich etwas verschoben hatte, wieder gerade rückte, dabei Lepel und mich verschmitzt ansehend, wie wenn sie sagen wollte: «Kinder, was soll das alles? Als ich jung war, waren ganz andere Dinge Mode.» Sie stammte nämlich aus den Gräfin-Lichtenau-Tagen und hatte manches erlebt. Endlich nahm Herr von Hünecke das Wort: «Es muss schwer sein», sagte er, worauf Frau von Hünecke fast einen Lachanfall kriegte und gutmütig hinzusetzte: «Ja, Hünecke, du könntest es nicht.» Durch diesen Zwischenfall war das Eis gebrochen, und nun griff auch die alte Häseler ein und sagte: «Schwer. Ja, was heißt schwer. Ich glaube nicht, dass es so sehr schwer ist, und Improvisieren zum Beispiel ist viel schwerer. Da war hier vor zwanzig Jahren ein

Improvisator Langenschwarz, ein jüdischer, aber ziemlich distinguiert aussehender Mann, und hatten wir damals eine Matinee im Konzertsaal, es war das letzte Jahr unter des hochseligen Königs Majestät. Und das Thema war ‹Alexanders des Großen Tod› und jeder, der anwesend war, hatte das Recht, ihm ein Reimwort zuzurufen. Und da war ja nun dieser schreckliche Mensch, der Glaßbrenner, das heißt, eigentlich war er gar nicht so schrecklich und konnte nur, wenn er wollte, der rief Langenschwarzen, weil er eine Pike gegen ihn hatte, das Wort ‹Blutwurst› zu, so dass einige lachten, während wir andern alle zusammenschraken. Aber was denken Sie, was geschah? Ohne dass dieser Langenschwarz sich verfärbte, nahm er das furchtbare Wort in seine Dichtung auf und ich weiß auch noch, dass er mit ‹Glutdurst› darauf reimte, was damals jeder bewunderte, so dass Glaßbrenner eigentlich geschlagen war, und wenn ich mir das alles vergegenwärtige – Hülsen war damals noch Leutnant und hatte die Plätze besorgt –, so muss ich doch sagen, das war schwerer.» Lepel und ich stimmten vollkommen ein, Fräulein von Rohr aber fand diesen plötzlichen Einwurf in eine Debatte, die sich doch mit einer ernsten Dichtung zu beschäftigen habe, ziemlich unangemessen und sagte: «Frau von Häseler, ich muss Ihnen doch bemerken, dass ich das Gedicht der beiden Herren seit vorigem Sonntag abschriftlich besitze und dass ich es sowohl der Gräfin Schwerin wie dem Prinzen Georg vorgelegt habe, die beide von der besonderen Schwierigkeit sprachen. Es wird also wohl auch schwer sein. Der Prinz ist selbst Dichter, wie Sie wissen, und ein Mann von Urteil.»

So waren die Abende bei Fräulein von Rohr, deren ich von nun ab, durch mehr als zehn Jahre hin, zahllose verlebte. Der Charakter war immer derselbe, immer sechs, acht Personen, immer Mustertee, immer «Götterspeise», immer Dichtungen vor einem Publikum, das durch Vortrag derselben grenzenlos gelangweilt wurde. Nur Fräulein von Rohr strahlte. Sie war nach wie vor Lepels Egeria und bald auch meine.

Vielleicht, dass ich mich dagegen doch mehr oder weniger gesträubt hätte, wenn das Wesen des Fräuleins lediglich darin zum Ausdruck gekommen wäre. Glücklicherweise war dies nicht der Fall. Wie der berühmte Böckh nicht stolz auf seine klassische Philologie, sondern auf sein Englisch war, das er in einem fragwürdigen Jargon vorbrachte, so war Mathilde von Rohr stolz auf ihre «Dichter» und das dichterische Interesse, das sie mit ihnen verband, während ihre wirklichen Werte nach einer ganz anderen Seite hin lagen, derart, dass man füglich von ihr sagen konnte, erst wenn sie das Flitterideal abtat, war sie ein wirkliches Ideal: gut, treu, praktisch, hilfebereit, immer das Herz auf dem rechten Fleck, immer voll gutem Menschenverstand, immer gerecht. Alles Gewöhnliche, namentlich alles Unhumane, war ihr in tiefster Seele verhasst, und ihr schönster Zug war ihre jedesmalige Empörung, wenn sich Adlige unwürdig benahmen und dabei wohl gar noch bis zu dem Glauben gingen: «sie dürften sich's erlauben, weil sie Adlige seien». Dann war nicht mit ihr zu spaßen und es kamen Szenen vor, wo mir's innerlich nicht genug war, dass ich ihr gerührt die Hand küsste, nein, wo ich der guten alten Dame recte hätte um den Hals fallen mögen. Da waren damals zwei Grafen in ihrer Nachbarschaft, beide Unter den Linden. Nun, den einen, einen notorischen Geizhals, hatte sie aufgegeben, sprach nur mit Achselzucken von ihm und vermied ihn, wenn sie ihm in Gesellschaften begegnete. Den andern aber, einen in seinen Formen sehr liebenswürdigen und höfisch verbindlichen Herrn, konnte sie eigentlich sehr gut leiden und trat für ihn ein, wenn er angegriffen wurde, bis ihr eines Tages zu Ohren kam, er habe das Prinzip, Handwerker nie aus freien Stücken zu bezahlen, sondern – um vom Kapital so viel und so lange Zins zu haben wie möglich – immer erst die Klage der armen Leute abzuwarten. Einer hatte ihr das unter Tränen erzählt und hinzugesetzt, er könne nicht mal klagen, denn dann verlöre er die Kundschaft vieler anderer dazu. Da ging sie zu dem Grafen und machte ihm Vorstellungen und es half auch; als er aber immer wieder rückfällig wurde, gab sie auch ihn auf und sorgte dafür, dass sein Leumund in der Wilhelm- und Behrenstraße nicht besser wurde. Denn ihr heroischer Mut ließ sie jeden Kampf aufnehmen, wenn es ihr nötig schien. Sie hatte etwas Männliches, aber darin war sie doch auch wieder ganz weiblich, dass sie starke Sympathien und Antipathien hatte, was mir persönlich zugute kam. Ich war ihr Verzug, fast mehr als Lepel, und konnte tun, was ich wollte – sie fand immer eine Entschuldigung. Eine Nachsicht und Milde, die sie keineswegs für jeden hatte! Die letzte Wurzel davon war, gleichviel nun ob es mir zukam oder nicht, ihr großes Vertrauen zu mir, was einmal einen mich tief rührenden Ausdruck annahm. Als ich nämlich vor jetzt zwanzig Jahren in meine gegenwärtige Wohnung zog und ihr erzählte, das alte Weib, das bis dahin in dieser meiner Wohnung gewohnt und dieselbe sehr ungern verlassen habe, habe beim Hinausgehen so was wie einen Hexenfluch ausgesprochen und mir allerhand Böses gewünscht, was mir nun doch im Kopf herumgehe, da nahm sie meine Hand und streichelte sie und sagte: «Das tut Ihnen nichts; Sie kommen da drüber weg.» Und so verwöhnte sie mich in allen Stücken, hatte nur Liebe und Güte für mich und war mir auch, um eine Hauptsache nicht zu vergessen, bei meinen Arbeiten vom allergrößten Nutzen. Ihrer Natur nach, wie ich nur wiederholen kann, mehr gewollt als wirklich literarisch, hat sie mir trotzdem auf eben diesem Gebiete sehr ersprießliche Dienste geleistet und wohl ein Dutzend der lesbarsten Kapitel in meinen «Wanderungen» verdanke ich ihrem nie rastenden Eifer, der mir Empfehlungsbriefe schrieb und mir mitunter auch fix und fertige Beiträge verschaffte, die nur ein wenig der Zurechtstutzung bedurften. Ein solcher Beitrag ist beispielsweise der ein völliges Charakterbild gebende Brief, der sich mit der Frau von Jürgaß, einer Tochter des alten Zieten, beschäftigt. Aber bei solchen von den verschiedensten Seiten herrührenden Beiträgen blieb es nicht, sie war auch persönlich ein wahres Anekdotenbuch und eine brillante Erzählerin alter Geschichten aus Mark Brandenburg, besonders in bezug auf adlige Familien aus Havelland, Prignitz und Ruppin. Den Stoff zu meinem kleinen Roman «Schach von Wuthenow» habe ich mit allen Details von ihr erhalten, und wo ich in dem langen Trieplatzkapitel von den verschiedensten Rohrs erzählt habe, sind es Mitteilungen aus ihrem Munde.

Die mit ihr in dem Häselerschen Hause (Behrenstraße) verplauderten Stunden zählen zu meinen glücklichsten.

II

So gingen die Dinge bis zum Jahre 1869. Zu dieser Zeit kam die Aufforderung an das Fräulein, ihren Klosterplatz in Dobbertin in Mecklenburg einzunehmen, wozu sie, so schwer ihr das Scheiden aus Berlin auch wurde, sogleich bereit war.

Über diesen Klosterplatz muss ich hier ein Wort einschalten. Dobbertin ist eines jener adligen Fräuleinstifte, denen wir im protestantischen Norddeutschland an den verschiedensten Stellen begegnen; in Brandenburg haben wir Kloster Heiligengrabe, in Pommern Schönfließ, in Mecklenburg verschiedene: Dobbertin, Malchow, Ribnitz. Dobbertin bei Goldberg ist unter diesen dreien das größte. Vordem, wie dies bei all diesen Stiften der Fall, war es ein Kloster und aus dieser Klosterzeit schreibt sich wahrscheinlich das Recht bestimmter adliger Familien – darunter auch einige nicht-mecklenburgische – her, «ihre Töchter ins Kloster einschreiben zu lassen». Das geschieht, wenn sie noch Kinder sind. Verheiraten sie sich, so erlischt dies Recht, verheiraten sie sich nicht, so empfangen sie von einem bestimmten Zeitpunkt, wahrscheinlich von der Zeit ihrer Großjährigkeit an, eine Rente, die sie zunächst verzehren können, wo sie wollen, bis im Kloster selbst eine «Stelle» frei wird. Tritt dieser Zeitpunkt ein, so rücken sie nach der Anciennität oder wohl richtiger nach dem Datum der Einschreibung in die Stelle ein. Wenn ich nicht irre, liegt hierzu kein Zwang vor, und ein Fernbleiben vom Kloster sogar unter fernerer Empfangnahme der Rente ist durchaus zulässig; dieser Fall tritt aber sehr selten ein, weil das Einrücken in die «Stellen» mit zu großen Vorteilen verknüpft ist. Geräumige Wohnung – samt Obst- und Gemüsegarten, Holz, Fisch, Wildpret und wahrscheinlich vieles andere noch – gehört zu den Klosterpertinenzien, so dass den in die Stelle einrückenden Damen nicht nur Gelegenheit gegeben ist, die ihnen verbleibende Rente zu gutem Teile zu sparen, sondern sich auch durch Gastlichkeit und Einladungen an arme Verwandte zu wahren Freudenspendern für die ganze Familie zu machen. Könnte man zusammenrechnen, wieviel Gebrechliche, wieviel kranke junge Frauen und bleichsüchtige junge Mädchen in vielmonatlichem Sommeraufenthalt hier wieder genesen sind, so würde das eine Zahl von Tausenden ergeben. Man hat in Mecklenburg, und wahrscheinlich auch bei uns in Preußen, mit diesen «mittelalterlichen Resten» aufräumen und den Reichtum dieser Stifte dem Fiskus, dem gesamten Lande zugute kommen lassen wollen, ein Vorhaben, über das ich weder nach der Rechts- noch nach der Klugheits- und wahren Vorteilsseite hin ein Urteil habe. Diese «Klöster» mögen also fallen, wenn sie durchaus fallen müssen. Mein persönliches Gefühl aber ist für Fortbestand derselben, und zwar deshalb, weil ich in ihnen einen bestimmten, wenn auch vergleichsweise nur kleinen Segen direkt und unzweifelhaft vor Augen habe, während sich alles, was in den «großen Pott», genannt Fiskus, fließt, meiner Wahrnehmung entzieht. Es ist dasselbe wie mit den Wohltätigkeitsanstalten; ich ziehe es vor, fünf bestimmten Personen jedesmal eine Mark zu geben, anstatt fünf Mark einer großen Wohltätigkeitskasse zugute kommen zu lassen, und keine nationalökonomische Gelehrsamkeit kann mir dies Gefühl nehmen. Allerdings gehöre ich auch zu den Ungebildeten, die die indirekten Steuern erträglicher finden als die direkten. Aller Stolz über eine erfüllte Bürgerpflicht «höheren Stils» ist mir fremd.

Und nach diesem Exkurse kehren wir zu unserem Fräulein von Rohr zurück, die nun im Sommer oder Herbst 1869 – es hatte nicht an allerhand Zwischenfällen gefehlt – als «Konventualin» eintrat und ihre Wohnung in einem alten Klosterkreuzgang bezog. An der Spitze des Klosters stand damals die Domina von Quitzow, eine schon neunzigjährige Dame, die, was Klugheit und Entschlossenheit anging, ihrem berühmten alten Namen alle Ehre machte. Selbst Preußin von Geburt, war sie froh, in Fräulein von Rohr «mal wieder eine Preußin» im Kloster zu haben, und in dieser Gesinnung verblieb die Neunzigjährige bis zu ihrem sechs Jahre später erfolgenden Hinscheiden; aber diese wundervolle alte Domina war auch das einzige Element, auf das sich die neue Konventualin mit Sicherheit stützen konnte. Die Mitschwestern im Kloster waren entweder gegen oder doch mindestens nicht für sie, was in dem vorwiegend antipreußischen Gefühl des damaligen mecklenburgischen Adels seinen Grund hatte, ein Zustand der Dinge, der durch den 1866er Krieg und unsern Sieg über Österreich eher geschärft als gemindert worden war. Klosterhauptmann zu jener Zeit war Graf Joachim Bernstorff, Sohn des alten Gartower Grafen, der aus seiner welfischen Gesinnung kein Hehl machte. Seine Gemahlin, eine Freiin von dem Busche, vordem Hofdame bei der Königin Marie von Hannover, begriff den Wechsel der Zeiten und versuchte Frieden zu stiften, was ihrem liebenswürdigen Naturell ohnehin entsprach, aber sie kam damit nicht weit, weil der Graf bei der Mehrzahl der Klosterdamen seinen eigenen Gesinnungen wiederbegegnete.

Begreiflicherweise hatte Mathilde von Rohr unter dieser im Kloster herrschenden Strömung zu leiden, bis ihr ein Zwischenfall und der Mut, den sie dabei zeigte, zu einem großen moralischen Siege verhalf, der in seiner Folge die gegnerische Partei teils bekehrte, teils stumm machte. Das kam so. Eine der alten Damen – ich verschweige den Namen, um nicht nach zwanzig Jahren noch wieder böses Blut zu machen – erfreute sich einer kleinen Landwirtschaft, einer Kuh, die den Milchbedarf des halben Klosters bestritt. Aber da kam Krankheit und die Kuh wurde von einer so schweren Lungenseuche befallen, dass der Tierarzt anordnen musste, sich ihrer so schnell wie möglich zu entledigen. Das geschah denn auch, aber nicht sehr vorschriftsmäßig, vielmehr erschien ein Schlächter aus Goldberg, um die Kuh zu kaufen und zu schlachten.

Ein Zufall fügte es nun, dass Mathilde von Rohr von dem Fleisch dieser Kuh ein Suppenstück in ihre Küche bekam und sofort den widerlichen und gesundheitsgefährlichen Zustand erkannte. Der Fleischer wurde zitiert und mit Klage bedroht, was diesen endlich bestimmte, mit der Sprache herauszurücken und das empörte Fräulein wissen zu lassen, dass eine andere Konventualin ihm diese Kuh verkauft habe. Mathilde von Rohr war sprachlos und als sie sich schließlich erholt hatte, stand ihr fest, dass hier ein Exempel statuiert werden müsse. Die Domina, ganz auf ihrer Seite, berief eine Generalsitzung und hier, in großer Versammlung, erhob sich nun unser altes Fräulein, um mit siegender Beredsamkeit von Adel und christlicher Frömmigkeit zu sprechen, mit denen es freilich schlecht stehe, wenn dergleichen Ekelhaftes vorkäme, was noch dazu nicht besser sei als Vergiftung. Die Wirkung ging über alles Erwarten hinaus. In ihren Alltagsempfindungen waren all die alten Damen immer gegen «die Preußin» gewesen, aber das verletzte Rechtsgefühl war in diesem Augenblicke doch so mächtig, dass ein Umschlag zugunsten des Fräuleins eintrat, auch bei ihren ausgesprochensten Feinden. Von Liebe konnte freilich nach wie vor keine Rede sein, aber ein voller Respekt war gewonnen. Auch der Klosterhauptmann, dem trotz seiner Preußenabneigung das Herz auf dem rechten Flecke saß, war bekehrt.

Bald nach diesem Vorfalle war es, dass ich meinen ersten Besuch in Dobbertin machte. Kein poetischerer Aufenthalt denkbar! Das Zimmer, darin wir das Frühstück und abends den Tee zu nehmen pflegten, hatte noch ganz den Klostercharakter, denn aus seiner Mitte stieg ein schlanker, oben palmenfächriger Pfeiler auf; halb verdeckt davon aber stand ein Schaukelstuhl, von dem aus ich, wenn ich mich im Pfeilerschatten hin und her wiegte, mal links mal rechts das Kohlenfeuer sah, das in dem altmodischen Kamin still verglühte. Denn ein Feuer war immer da und auch nötig, trotzdem wir mitten im Sommer waren. Um die Fenster rankte sich Blattwerk mit großen gelben Tulpenblumen dazwischen, die bis aufs Dach hinaufwuchsen und dies auf seiner Unterhälfte fast überdeckten. Um all die Baulichkeiten herum lagen Gärten, auch ein Stück Park, und wenn man diesen mit der Richtung auf die Kirche zu durchschritt, kam man zuletzt an den Dobbertiner See, in dessen Nähe sich tagsüber nichts regte, bis dann bei Sonnenuntergang die Dohlen und Krähen zu vielen Tausenden von einem Eichenkamp her herüberkamen, um auf Turm und Kirchendach eine kurze Beratung abzuhalten.

Im Mai 1875 starb die Domina, die alte von Quitzow, fast sechsundneunzigjährig. Bis zuletzt hatte sie sich bei Kraft und fast auch bei Frische erhalten. Sie hatte viel Ähnlichkeit mit der zu jener Zeit in Berlin lebenden Frau von Quast, Roonstraße 8 – Mutter des Kunstkonservators und Großmutter des Landrats von Quast –, die sich noch mit dreiundneunzig in ihren Gesellschaften durch Lebhaftigkeit, Esprit und Dezidiertheit hervorzutun wusste. Der Eindruck, den ich dabei empfing – und mit der alten Domina von Quitzow ging es mir ebenso –, war aber doch mehr ein Eindruck des Staunens als der Freude. Man kann auch zu lange frisch bleiben und die geistige Jugend, die sich viele so sehr wünschen, ist ein zweischneidig Schwert;

in einem gewissen Alter muss man auch alt wirken und wenn dies Natürliche sich nicht vollzieht, so berührt es mehr oder weniger unheimlich. Nach dem Tode der alten von Quitzow sollte die «Preußin» Domina werden, so war Wunsch und Wille der Verstorbenen gewesen. Aber die früheren Antagonismen waren mittlerweile wieder zu Kraft gekommen und da sich's traf, dass Mathilde von Rohr, just als die Neuwahl stattfinden sollte, schwer krank darniederlag, so siegte die Gegenpartei, was schließlich vielleicht allen angenehm war, auch den Vereinzelten, die für sie gestimmt hatten. In ihrem beständigen Betonen des Rechtsstandpunktes und der wiederzuerobernden historischen Domina-Machtstellung – die Domina rangiert, glaube ich, gleich nach den Mitgliedern der großherzoglichen Familie – desgleichen in dem strengen Regiment, das sie sicherlich eingeführt und in Kämpfen gegen die «weltliche Macht», id est gegen den Klosterhauptmann, behauptet haben würde, flößte sie den verschiedensten Parteien eine gewisse Besorgnis für ihre Zukunft, zum mindesten für ihre Bequemlichkeit ein. Eine jüngere, traitablere[47] Dame wurde Domina und als Mathilde von Rohr wieder eine Genesende war, war sie weitab davon, in Indisziplin zu verfallen; sie nahm die Dinge, wie sie jetzt rechtmäßig lagen, und unterwarf sich.

Noch zehn Jahre war es ihr vergönnt, frisch und freudig in ihrer Stellung auszuharren, und einzelne Freundschaften, die sie während eben dieser Zeit schloss, gestalteten diese zehn Jahre, trotz herber Schicksalsschläge, zu besonders glücklichen ihres Dobbertiner Lebens. Dann aber kam neue schwere Krankheit, ein Herzleiden. Die Anlage dazu mochte seit lange da sein, aber erst eine große Gemütsbewegung brachte das Leiden zum Ausbruch; ein prinzipieller Streit, den sie hatte, schloss nicht bloß mit einer Niederlage, sondern, der Form nach, in der sie sich vollzog, auch mit einer schweren persönlichen Kränkung für sie ab. Gewiss hätte diese kränkende Form ihr erspart bleiben sollen, andererseits war sie wohl nicht ganz ohne Schuld, wenn der Satz richtig ist, dass man auch im Hervorkehren des sogenannten «Rechtsstandpunktes» zu weit gehen kann. Ich fürchte, dass etwas von diesem «zuviel» ihrerseits mit im Spiele war. Aber wie dem auch sein möge, sicherlich versah sie es darin, dass sie beim Eintritt in den ihr mehr oder weniger aufgedrungenen Kampf die Kräfte nicht richtig abmaß. Wer solchen Kampf aufnehmen und durchfechten will, muss im voraus wissen, dass er kraft seiner Persönlichkeit oder kraft der Unterstützung, die ihm mächtige Verbindungen und glückliche Gesamtverhältnisse leihen, den Sieg oder doch wenigstens die Chancen des Sieges in Händen hat. Siegt er nicht, so werden nutzlos die Kräfte verzehrt. Und so lag es hier. Mathilde von Rohr heimste schließlich in der von ihr geführten Fehde nichts ein als ein zum Tode führendes schmerzhaftes Leiden. Dies Leiden selbst trug sie mit großer Ergebung und bestrebte sich dabei, was ihrem natürlichen Menschen beinahe widersprach, voll christlichen Sinnes demütig und vergebungsgeneigt zu sein. Und so verzieh sie denn auch denen, die sie gekränkt hatten. In zwei Stücken aber blieb sie sich gleich bis zuletzt: in der Liebe zu denen, an denen ihr Herz einmal hing, und in ihrem persönlichen Mut. Während ihrer letzten, von asthmatischen Beschwerden beständig heimgesuchten Leidenszeit hatte sie das Unglück, eine freche Person als Hausmädchen um sich zu haben, und alle, die es gut mit ihr meinten, wollten dem abhelfen und namentlich in den Nachtstunden ihr eine zweite Pflegerin geben; aber sie lehnte dies, trotz ihres absolut hilflosen Zustandes, ab, weil sie ihrer moralischen Überlegenheit vertraute. Und dies Vertrauen täuschte sie auch nicht. Mitunter schien ihr Zustand sich zum Bessern wenden zu wollen, am 15. September 1889 aber sahen alle, dass es zu Ende ging, und am Vormittage des 16. entschlief sie. Die Trieplatzer Verwandten kamen; am zweiten Tage schaffte man die Tote nach der Kirche hinüber und am Nachmittage des dritten (19. September) wurde sie zur Ruhe bestattet. Unter denen, die zum Begräbnis erschienen waren, war auch der älteste Sohn ihres alten Freundes Bernhard von Lepel.

Ein äußerlich nicht hervorragendes, aber innerlich tüchtiges Leben hatte aufgehört zu sein. Ihre vollste Würdigung hatte sie von der alten Domina von Quitzow erfahren, die von ihr zu sagen pflegte: «es gibt nur *eine* Rohr» und immer voll Anerkennung jener Ungeschminktheit und Einfachheit war, die zuletzt unser Bestes bleibt. Und einfach und natürlich waren schließlich auch noch die Aussprüche, die sie während ihrer letzten Krankheit zu Befreundeten tat: «Immer erst das tun, was vor Gott recht ist; dann erst kommt die Rücksicht auf andere und die Liebe zu den Menschen.» Und bei anderer Gelegenheit: «Nur nicht immer bloß klug sein wollen; wer bloß klug ist, da zeigt sich über kurz oder lang in abschreckender Gestalt, dass ihm das Beste fehlt: die Wahrheit und die Güte. Und wo die fehlen, da kommt nichts zustande.»

Sie war eine richtige Lutheranerin, noch mehr ihrem Wesen als ihrem Bekenntnis nach, und wusste sich was damit. Da machte es denn einen großen Eindruck auf mich, dass sie mir, wenige Wochen vor ihrem Tode, wo ich sie noch einmal in Dobbertin besuchte, mit Ergriffenheit sagte: «Ja, wir hoffen, selig zu werden, und ich hoffe es auch. Aber wenn dann so die

Beängstigungen kommen, da habe ich doch schon gebetet, dass es vorbei sein möchte, und wenn es auch ganz und gar vorbei wäre. Schrecklich zu sagen, aber die Seligkeitsfrage beschäftigte mich in solchem Augenblicke gar nicht mehr.»

Neben ihrem lutherischen Wesen war sie vor allem spezifisch märkisch und gehörte zu denen, an denen man alle guten und auch einige schwache Seiten des alten Märkertums wie an einem Musterbeispiel studieren konnte; sie war, um es am Schlusse noch einmal zu sagen, tüchtig, verständig, zuverlässig, ja, mehr denn das, treu wie Gold, und ihre schlichten, immer aus der Lebenserfahrung heraus gesprochenen Sätze haben durch ein Menschenalter hin einen großen Einfluss auf mich geübt, auch solche Sätze, denen ich jede höhere und mehr noch jede schönere Berechtigung absprechen musste. «Nie über seine Verhältnisse leben», das war natürlich richtig. Und auch das war richtig: «Niemandem zur Last fallen, lieber entbehren und entsagen.» Aber in ihrem am eindringlichsten gepredigten Satze: «Nur von andern nichts annehmen», konnte ich ihr nicht zustimmen. Freilich lag gerade die Weisheit dieses Satzes – wenn er nun mal bedingungsweise (und das kann er) für weise gelten soll – tief in ihrer Natur begründet, von Jugend an. Als sie zehn Jahre alt war, wollte ihr eine alte Tante durchaus einen Taler schenken; sie nahm ihn, nach langer Gegenwehr, endlich auch an, aber kaum wieder im Zimmer allein, so warf sie ihn fort und rief weinend: «Ich will keinen Taler.»

«Nur nichts annehmen» – noch einmal, ich stehe gegen diesen Satz. Aber das unter märkischen Erfahrungen und Anschauungen herangewachsene und alle Zeit über unter eben diesen Eindrücken verbliebene Fräulein wird lokaliter, so viel kann ich zugestehen, wohl auch in diesem Punkte recht gehabt haben. Es ist nicht christliche Weisheit, die sich darin ausspricht, aber brandenburgische. Das arme Land hat in zurückliegenden Jahrhunderten eine dieser Armut entsprechende Weisheit großgezogen.

Anmerkungen

1 Ballade von Friedrich Schiller (1797).
2 Frz. «nie».
3 Frz. «Bevollmächtigte».
4 Frz. «Ich werde spielen.»
5 Genähte Spitzen mit Streublumenmuster auf tüllartigem Grund, in der frz. Stadt Alençon hergestellt.
6 Frz. «Wo werde ich spielen?»
7 Tragödie von Jean Racine (1691).
8 Frz. «Was du mir versprochen hast, denke daran, es auszuführen:/Dieses Kind, dieser Schatz, den man mir wiedergeben muss,/Wo sind sie?»
9 Frz. «Ich hoffe, Sie in Petersburg zu sehen. – Tausend Dank; aber ... Eure Majestät ... – Ich lade Sie ein, *ich*.»
10 Frz. *Car tel est notre bon plaisir*: «Denn das ist unser gnädiger Wille». Seit dem frz. Absolutismus stereotype Schlussformel der Verordnungen der frz. Könige.
11 Der absolutistische frz. König Ludwig XIV. (1638–1715).
12 Frz. «Der Staat bin ich.» Absolutistischer Leitsatz, Ludwig XIV. zugeschrieben.

13 Frz. Schulterstück an Uniformen.
14 Melioration: Urbarmachung bzw. Bodenkulturmaßnahme zur Verbesserung des Bodenwassers mit dem Ziel der Erhöhung der Bodenfruchtbarkeit und der Ertragssteigerung.
15 Altes norddt. Getreidemaß; in Preußen etwa 13 Hektoliter.
16 Zitat aus Friedrich Schiller, *Die Jungfrau von Orleans* (1801).
17 Frz. «Schriftstücke, die Familie von Wreich (Wreech) betreffend».
18 Frz. «Briefe und Verse eines gewissen großen Prinzen».
19 Frz. «Briefe von Friedrich II. (als Kronprinz) an Frau von Schoening und ihre Tochter, Frau von Wreich (Wreech).»
20 Frz. «Ausschweifungen».
21 Frz. «Dummheit».
22 Auch: Aeneis; Epos von Vergil, das den Homer zugeschriebenen Werken *Odyssee* und *Ilias* folgt.
23 Pferdefutter.
24 Mit Holz verkleideten.
25 Entzückt, begeistert.
26 Frz. «überraschend».
27 Frz. «aufgrund der Hofsitte».
28 Entzweit, überworfen.
29 Trotzen, nicht scheuen.
30 Frz. «Hofstaat».
31 Lat. «Die beste Schwester, die Freundin des Vaterlandes».

32 Zitat aus Achim von Arnims *Nachtfeier nach der Einholung der hohen Leiche Ihrer Majestät der Königin. Eine Kantate* (1810).

33 Von frz. équivoque, «zweideutig».

34 Frz. «der Beständige».

35 Frz. «bis morgen».

36 Frz. «Letztwillige Verfügungen».

37 Zugeordnet.

38 Frz. Bewährungsprobe im Artusroman.

39 Frz. «Schnupftabakdose».

40 Leonore Sanvitale, Figur in Johann Wolfgang Goethes Drama *Torquato Tasso* (1790).

41 3. Garde-Grenadier-Regiment Königin Elisabeth, Infanterieverband der Preußischen Armee.

42 Die späten Fünfziger- und frühen Sechzigerjahre des 19. Jh., in denen Ferdinand Lassalle (1825–1864) als einflussreicher politischer Theoretiker in Berlin wirkte und 1863 den Allgemeinen Deutschen Arbeiterverein gründete.

43 Einschüchterte.

44 Der literarische Sonntagsverein «Tunnel über der Spree», in dem Fontane seit 1844 Mitglied war und Gedichte sowie einzelne Kapitel aus den *Wanderungen durch die Mark Brandenburg* vortrug.

45 Gereimte, aus beliebig vielen Strophen bestehende ital. Gedichtform, deren Strophen aus drei Versen bestehen.

46 Provençalisches Streitgedicht.

47 Umfänglichere.

Weit mehr als Geliebte und Ehefrauen berühmter Männer – ein Nachwort

Obwohl Fontane in seinen *Wanderungen*, wie dieser Auswahlband verdeutlicht, durchaus Frauen porträtiert, wird das vierbändige Monumentalwerk von Männern beherrscht. Es handelt primär von Männern – und ist auch vorwiegend für sie geschrieben.

Bereits im Vorwort des ersten Bandes (1865) richtet sich Fontane an ein männliches Lesepublikum. Die ersten Seiten, die der erfahrene Wanderer nicht als «regelrechtes Vorwort», sondern vielmehr als eine Gebrauchsanweisung für das «‹[R]eisen in die Mark›» geschrieben hatte, umfassen fünf nützliche Ratschläge für all diejenigen, die es ihm gleichtun wollen: Der Wanderer sollte «Liebe zu Land und Leuten mitbringen», einen feinen Sinn für Natur und Landschaft haben, die Geschichte dieses Landes kennen und lieben, auf «den Komfort der ‹großen Touren›» verzichten und schließlich viel Geld dabei haben. [F-RUPPIN, 1865, S. IX–XI] In seinem Notizbuch hatte Fontane im August 1864 seine Präferenz für einen männlichen Adressatenkreis sogar noch deutlicher formuliert. Denn er spricht hier von dem «Mann ders wagen kann», ihm nachzureisen, und beginnt mit der vertrauten Anrede «Mein lieber Freund», die er für den Druck dann etwas abschwächend in «Lieber Freund» umformulierte. [F-NB, A1] In der dritten Auflage (1875) ersetzt er diese persönliche Anrede durch die funktionale Überschrift «Vorwort zur zweiten Auflage».

Fontane hatte mit seinen *Wanderungen* also nicht die vielen belletristischen Leserinnen im Blick, sondern orientierte sich vielmehr an dem traditionellen Reisekodex des 19. Jahrhunderts, der Frauen wie bei einer «Grand Tour», einer Bildungs- und Besichtigungsreise, ausschloss. Auf seinen Streifzügen durch die Mark Brandenburg bevorzugte er männliche Freunde und Bekannte wie den Verleger Wilhelm Hertz und den Offizier und Schriftsteller Bernhard von Lepel, mit dem er im Spätsommer 1858 gemeinsam Schottland bereiste, sowie den Garnison-Schullehrer Heinrich Theodor Wagener und den Kunsthistoriker Wilhelm Lübke. Dass Fontane bei den Ausflügen gelegentlich seine Schwester Elise mitnahm, ist belegt – aber weibliche Begleitung blieb die Ausnahme.

Mit detaillierten Beschreibungen von berühmten Schlachten und erfolgreichen Regimentern oder auch von Besitzverhältnissen märkischer Herrensitze und Lebensläufen von Königen und Adligen bediente der *Wanderungen*-Autor vorwiegend das Lese-Interesse von Männern. Daher verwundert es nicht, dass die meisten Kapitel als eigenständige Beiträge – im Unterschied zu seinem erzählerischen Werk – zunächst nicht in Frauen- oder Familienzeitschriften veröffentlicht wurden, sondern in Journalen mit männlicher Leserschaft wie etwa im *Wochenblatt der Johanniter-Ordens-Balley Brandenburg*. Einen Sonderfall bildete unter anderem die *Illustrirte Frauenzeitung*, in der zwei *Wanderungen*-Kapitel erschienen.

In den *Wanderungen* ungenannt blieben darüber hinaus Frauen aus Fontanes privatem Umfeld, die ihn bei der Recherche und beim Networking unterstützt haben. Ohne ihre langjährige, zuverlässige und ehrenamtliche Zuarbeit hätte er sein Lebenswerk nicht bewältigen können. Weibliche Familienmitglieder und Freundinnen übernahmen einen Teil der Korrespondenz mit Pfarrern, Lehrern und Regionalhistorikern und trugen auf diese Weise Abschriften von Kirchenbüchern, Briefen und Tagebuchaufzeichnungen sowie Memoiren aus Nachlässen zusammen, die der Autor häufig wörtlich in seine Texte integrierte.

Seiner Schwester Elise verdankte Theodor Fontane die Beschaffung von entlegener Fachliteratur. Mathilde von Rohr, seine engste Vertraute, vermittelte viele Kontakte zu den adeligen Schloss- und Herrenhausbewohnern. Sie war ihm, resümiert Fontane, bei «seinen Arbeiten vom allergrößten Nutzen» – als Anekdotenlieferantin, als «brillante Erzählerin alter Geschichten aus Mark Brandenburg» sowie als Beschafferin von «fix und fertige[n] Beiträgen [...], die nur ein wenig der Zurechtstutzung» durch den Autor bedurften. Und schließlich sorgte der selbstlose Einsatz seiner Frau Emilie für einen beschleunigten Produktionsprozess: Sie fertigte unzählige Abschriften für das Satzmanuskript an.

Fontane war sich durchaus bewusst, dass er auf zahlreiche Unterstützer angewiesen war. Am Schluss seines letzten *Wanderungen*-Bandes (*Spreeland*) bedankte er sich ausführlich bei seinen «über die halbe Provinz hin zerstreuten Mitarbeiter[n]». Er dachte dabei vor allem an die «hauptsächlichsten»: an die märkischen «alten Familien» («den Land- und Landesadel»), an die «Landpastoren» und schließlich auch an die «Lehrer» in Stadt und Land. Seine vielen Helfer*innen* hingegen wurden nicht einmal in einer Fußnote erwähnt. [F-SPREELAND, 1882, S. 453–459] Eine Ausnahme ist Mathilde von Rohr. Nachdem sie 1889 gestorben war, holte Fontane zumindest in ihrem Fall die längst überfälligen «Dankesschulden» nach. [F-HERTZ, S. 440] Allerdings erschien das Kapitel «Mathilde von Rohr» nicht wie ursprünglich vorgesehen in der «Wohlfeilen Ausgabe» der *Wanderungen* (1892), sondern lediglich als Einzeldruck in der Familienzeitschrift *Daheim* im März 1892.

Dennoch: Die *Wanderungen* sind keine reine Männerdomäne. Fontane begegnete auf seinen Streifzügen durch die Mark vielen Frauen, die ihm als Informantinnen dienten. In seinem Vorwort empfiehlt er zwar das Gespräch mit einem Kutscher, weil dieser immer viel Unterhaltsames mitzuteilen habe: «Laß dir erzählen von ihm, von seinem Haus und Hof, von seiner Stadt oder seinem Dorf, von seiner Soldaten- oder seiner Wanderzeit und sein Geplauder wird dich mit dem Zauber des Natürlichen und Lebendigen umspinnen.» [F-RUPPIN, 1865, S. XII] Doch es tauchen auch Frauen wie die holzsammelnden alten Weiber oder Gasthauswirtinnen auf, von denen Fontane viele Anekdoten und Klatschgeschichten erfuhr, die gerade nicht in der Fachliteratur standen. Manchmal gewährten ihm Küsterfrauen Zutritt zu einer Kirche, wie etwa die zweiundachtzigjährige Ehefrau des Kirchendieners in Beeskow, von der im Kapitel «Kossenblatt» *(Oderland)* erzählt wird. Fontane erfuhr von ihr «Großes und Kleines» über die Liebfrauenkirche, weitaus mehr, als in Lexika, Kirchenbüchern und Chroniken zu finden ist. Er profitierte vom weiblichen «Stadtklatsch» und ihrer Begabung, die Geschichten des Kircheninventars und der Grabsteine zu erzählen, sodass er einräumt, «ihr das Zeugnis schuldig» zu sein, bei seinen Kirchenbesichtigungen «nie einen besseren Führer» gehabt zu haben. [VGL. ODERLAND GBA, BD. 2, S. 429]

Dass die *Wanderungen* nicht ausschließlich von Männern beherrscht werden, zeigt nicht zuletzt die Auswahl weiblicher Lebensbilder in diesem Band. Es finden sich immer wieder Frauenfiguren, denen Fontane zumindest ein Unterkapitel gewidmet hat. Auch wenn es vor allem Adlige sind, die Fontane porträtiert, reicht die Palette doch von der bürgerlichen Elisabeth Friedrich bis hin zu einer Königin, Luise von Preußen.

Allerdings relativiert Fontane die Bedeutung dieser «wundersamen Frauen» – auf mehreren Ebenen. Ihre Berücksichtigung haben sie – bis auf wenige Ausnahmen wie die Schauspielerin Rachel Félix – einem Mann zu verdanken, meist dem Gatten. So ist Karoline von Zeuner («Prinzessin Goldhaar») zunächst nur von Interesse, weil es sich bei der Biografie ihres

Ehemanns, des französischen Emigranten Charles de la Roche-Aymon, um eine Geschichte handelt, «‹die den Roman auf seinem eignen Felde schlägt›». Die Lebenswege der Schwägerinnen, Emilie von Schlabrendorf und Johanna von Scharnhorst, werden nur deshalb skizziert, weil sie – im Rahmen des historischen Abrisses über die Besitzverhältnisse der Güter Gröben und Siethen – nach dem frühzeitigen Tod ihrer Ehemänner die Rolle der Gutsherrin übernehmen mussten. Und Julie von Voß gerät nur deshalb in den Fokus Fontanes, da sie die Mätresse des Königs war.

Eine zum Teil subtile Relativierung ihrer eigenständigen Leistungen lässt sich auch in den einzelnen Porträts nachweisen. Sabine Cusig und Karoline de La Roche-Aymon werden vor allem auf ihr Äußeres reduziert, die Inselwirtin Elisabeth Friedrich wird als absolutistische Herrscherin ironisiert, die Verdienste der Agrarpionierin Helene Charlotte von Friedland konzentrieren sich überwiegend auf ihre Ernteerfolge, der angeblichen Geliebten des Kronprinzen Friedrich, Louise von Wreech, wird im Alter – ausgerechnet im Unterschied zum gefühlskalten König – «Engherzigkeit» attestiert, weil sie auf den empathischen Brief Friedrichs II. mit finanziellen Forderungen für ihr vom Krieg zerstörtes Gut reagierte. Und Königin Luise hält nur als Tote Einzug in die *Wanderungen*, konkret in Gransee, wo ihr Sarg eine Nacht aufgebahrt wurde.

Keine Erwähnung finden hingegen brandenburgische Kurfürstinnen wie Anna von Preußen (1576–1625), die der Mark Brandenburg große Territorialgewinne verschaffte, oder Luise Henriette von Oranien (1626–1667), die nicht nur als Ehefrau des Großen Kurfürsten, sondern auch als wichtige politische Ratgeberin in die Geschichte eingegangen ist. Ebenfalls nicht porträtiert werden die emanzipierten Frauen, die sich für politische Veränderungen einsetzten wie die Gutsherrin und Sozialreformerin Christiane Louise von Rochow (1734–1808) aus Reckahn oder die SPD-Politikerin Emma Ihrer (1857–1911) aus Velten.

Für Fontane waren unabhängig agierende und politisch engagierte Frauen kein Thema. Auch nicht in seinen Romanen. Der Autor mag sich für einen «Frauenschwärmer» gehalten haben, mit der Frauenbewegung konnte er sich nicht identifizieren. In den *Wanderungen* findet keine Gleichberechtigung statt – nicht einmal ein Streben danach.

Literaturhinweise

[GBA] Fontane, Theodor: Wanderungen durch die Mark Brandenburg. 8 Bände. Hrsg. von Gotthard Erler und Rudolf Mingau. 2. Auflage, Berlin 1994 (Große Brandenburger Ausgabe).

Fontane, Theodor: Wanderungen durch die Mark Brandenburg. Berlin 1862 ff.

[F-Ruppin] Band 1: Die Grafschaft Ruppin (1863 unter dem Titel: Wanderungen durch die Mark Brandenburg; 2. Auflage 1865).

[F-Oderland] Band 2: Das Oderland. Barnim Lebus (1863).

[F-Havelland] Band 3: Ost-Havelland. Die Landschaft um Spandau, Potsdam, Brandenburg (1873).

[F-Spreeland] Band 4: Spreeland. Beeskow-Storkow und Barnim-Teltow (1882).

[F-Emilie] Fontane, Theodor und Emilie: Der Ehebriefwechsel. 1844–1898. 3 Bände. Hrsg. von Gotthard Erler unter Mitarbeit von Therese Erler. 2. Auflage, Berlin 1998 (Große Brandenburger Ausgabe).

[F-Hertz] Fontane, Theodor: Briefe an Wilhelm und Hans Hertz 1869–1898. Hrsg. von Kurt Schreinert. Vollendet und mit einer Einführung versehen von Gerhard Hay. Stuttgart 1972.

[F-NB] Theodor Fontane: Notizbücher. Digitale genetisch-kritische und kommentierte Edition. Hrsg. von Gabriele Radecke. Göttingen 2015 ff. (https://fontane-nb.dariah.eu/index.html).

[F-Rohr] Fontane, Theodor: Sie hatte nur Liebe und Güte für mich. Briefe an Mathilde von Rohr. Hrsg. von Gotthard Erler. Berlin 2000.

[F-Thaer] Denkmal Albrecht Thaers zu Berlin. Entworfen von Chr. Rauch. Ausgeführt von Hugo Hagen. Nach Photographien von L. Ahrends gezeichnet von Professor Holbein und in Holz geschnitten von C. Glanz. Mit Text von Th. Fontane. Berlin 1862.

[HFA] Fontane, Theodor: Werke, Schriften und Briefe. Abteilung IV. Briefe. 6 Bände. Hrsg. von Walter Keitel und Helmuth Nürnberger. München 1988–1995.

Weiterführende Literatur:

Bartelt, Wilhelm: Die schöne Sabine in Sage, Dichtung und Geschichte. 2. Auflage, Neuruppin 1938.

Berbig, Roland: Theodor Fontane Chronik. 5 Bände. Berlin 2010.

Deutsche Biographie: https://www.deutsche-biographie.de/.

Erhart, Walter: Die Wanderungen durch die Mark Brandenburg. In: Christian Grawe und Helmuth Nürnberger (Hrsg.): Fontane-Handbuch. Stuttgart 2000, S. 818–849.

Luise von Preußen, Fürstin Anton Radziwill: 45 Jahre aus meinem Leben. 1770–1815. Hrsg. und mit Anmerkungen versehen von Fürstin Radziwill geb. von Castellane. Aus dem Französischen übertragen von E. von Kraatz. Braunschweig 1912.

Mittheilungen des Vereins für die Geschichte Potsdams. Hrsg. von Louis Schneider. Potsdam 1872.

National-Zeitung der Teutschen, 31. März 1803.

Noël: Mutter Friedrich. Eine Erinnerung von der Pfaueninsel. In: Mitteilungen des Vereins für die Geschichte Berlins 43 (1926), S. 50 f. (https://digital.zlb.de/viewer/readingmode/14688141_1926/55/).

Radecke, Gabriele: Theodor Fontanes Notizbücher. Überlegungen zu einer notwendigen Edition. In: Ursula Amrein und Regina Dieterle (Hrsg.): Gottfried Keller und Theodor Fontane. Vom Realismus zur Moderne. Berlin 2008 (Schriften der Theodor-Fontane-Gesellschaft, Bd. 6), S. 211–234.

Radecke, Gabriele: Vom Reisen zum Schreiben. Eine textgenetische Betrachtung der *Wanderungen* am Beispiel des «Pfaueninsel»-Kapitels. In: Hanna Delf von Wolzogen (Hrsg.): «Geschichte und Geschichten aus Mark Brandenburg». Fontanes *Wanderungen durch die Mark Brandenburg* im Kontext der europäischen Reiseliteratur. Internationales Symposium des Theodor-Fontane-Archivs in Zusammenarbeit mit der Theodor Fontane Gesellschaft 18.–22. September 2002 in Potsdam. Würzburg 2003 (Fontaneana, Bd. 1), S. 231–252.

Rasch, Wolfgang: Theodor Fontane Bibliographie. 3 Bände. Berlin 2006.

Rauh, Robert: Fontanes Frauen. Fünf Orte – fünf Geschichten – fünf Schicksale. Berlin 2018.
Rauh, Robert: Fontanes Ruppiner Land. Neue Wanderungen durch die Mark Brandenburg. Berlin 2019.
Schneider, Louis: Aus meinem Leben. 3 Bände. Berlin 1879 f.

Textnachweise

Die Textgrundlage für die Frauenporträts bildet die «Wohlfeile Ausgabe» von 1892, die letzte, zu Lebzeiten Fontanes veröffentlichte und erste Gesamtausgabe der *Wanderungen durch die Mark Brandenburg* (Berlin: Wilhelm Hertz). Ausnahmen sind der Abschnitt «Binenwalde» (Kapitel Sabine Cusig) und das Kapitel «Mathilde von Rohr» (vgl. die Übersicht S. 176–178). Alle Texte in unserer Ausgabe wurden behutsam modernisiert.

a) Textnachweis in den *Wanderungen* (Band, Jahr, Teil, Kapitel, Unterkapitel, Abschnitt)
b) Erstdruck in den *Wanderungen* (Band, Auflage, Jahr, Teil, Kapitel, Unterkapitel, Abschnitt)
c) Notizbuch (Signatur, Jahr)

Élisa Rachel Félix (1821–1858)

a) Band 3: *Havelland*, «Wohlfeile Ausgabe» (1892), Kapitel: «Die Pfaueninsel», Unterkapitel: «Die Pfaueninsel 15. Juli 1852»
b) Band 3: *Havelland*, 1. Auflage (1873), Kapitel: «Die Pfaueninsel», Unterkapitel: «Die Pfaueninsel 15. Juli 1852»
c) C3 (1870)

Elisabeth Friedrich (1788–1873)

a) Band 3: *Havelland*, «Wohlfeile Ausgabe» (1892), Kapitel: «Die Pfaueninsel», Unterkapitel: «Frau Friedrich»
b) Band 3: *Havelland*, 1. Auflage (1873). Kapitel: «Die Pfaueninsel», Unterkapitel: «Frau Friedrich»
c) A3 (1861?), C3 (1870)

Helene Charlotte von Friedland (1754–1803)

a) Band 2: *Das Oderland*, «Wohlfeile Ausgabe» (1892), Kapitel: «Kunersdorf», Unterkapitel: «Frau von Friedland 1788–1803»
b) Band 2: *Das Oderland*, 1. Auflage (1863), Kapitel: «Kunersdorf», Unterkapitel: «Frau von Friedland 1788–1803»
c) A7 (?)

Sabine Cusig (1715–1783)

a) Band 1: *Die Grafschaft Ruppin*, «Wohlfeile Ausgabe» (1892), Kapitel: «Die Ruppiner Schweiz»
b) Band 1: *Die Grafschaft Ruppin*, 2. Auflage (1864), Teil: «Die Grafschaft Ruppin», Kapitel: «Die Ruppiner Schweiz»
c) A1 (1864), D2 (1864)

a) [nicht mehr enthalten]

b) Band 1: *Die Grafschaft Ruppin,* (nur in der) 2. Auflage (1864), Teil: «Die Grafschaft Ruppin», Kapitel: «Dörfer und Flecken im Lande Ruppin», Abschnitt: «Binenwalde»

c) A1 (1864)

Louise von Wreech (1707–1784)

a) Band 2: *Das Oderland*, «Wohlfeile Ausgabe» (1892), Teil: «Jenseits der Oder», Kapitel: «Tamsel I», Unterkapitel: «Kronprinz Friedrich und Frau von Wreech»

b) Band 2: *Das Oderland*, 1. Auflage (1863), Kapitel: «Tamsel», Unterkapitel: «Kronprinz Friedrich und Frau von Wreech»

c) A12 (?)

Julie von Voß (1766–1789)

a) Band 4: *Spreeland*, «Wohlfeile Ausgabe» (1892), Teil: «Rechts der Spree», Kapitel: «Buch», Unterkapitel: «Julie von Voß»

b) Band 4: *Spreeland*, 1. Auflage (1882), Teil: «Rechts der Spree», Kapitel: «Buch», Unterkapitel: «Julie von Voß» [Kurzporträt bereits in einer Fußnote in Band 1: *Die Grafschaft Ruppin*, 1. Auflage (1862), Kapitel: «Buch»]

c) A11 (1860)

Luise von Preußen (1776–1810)

a) Band 1: *Die Grafschaft Ruppin*, «Wohlfeile Ausgabe» (1892), Teil: «Auf dem Plateau», Kapitel: «Gransee», Unterkapitel: «Das Luisen-Denkmal»

b) Band 1: *Die Grafschaft Ruppin*, 3. Auflage (1875), Teil: «Auf dem Plateau», Kapitel: «Gransee», Unterkapitel: «Das Luisen-Denkmal»

c) A2 (1873)

Karoline de La Roche-Aymon (1771–1859)

a) Band 1: *Die Grafschaft Ruppin*, «Wohlfeile Ausgabe» (1892), Teil: «Rheinsberg», Kapitel: «Zwischen Boberow-Wald und Huwenow-See oder Der Rheinsberger Hof von 1786 bis 1802», Abschnitt: «Graf und Gräfin La Roche-Aymon»

b) Band 1: [*Die Grafschaft Ruppin*], 1. Auflage (1862), Kapitel: «Die Grafschaft Ruppin», Unterkapitel: «Zwischen Boberow-Wald und Huwenow-See», Abschnitt: «Graf La Roche-Aymon und Köpernitz»

c) –

a) Band 1: *Die Grafschaft Ruppin*, «Wohlfeile Ausgabe» (1892), Teil: «Rheinsberg», Kapitel: «Köpernitz»

b) Band 1: *Die Grafschaft Ruppin*, 3. Auflage (1875), Kapitel: «Köpernitz»

c) A2 (1873)

Emilie von Schlabrendorf (1797–1858)

a) Band 4: *Spreeland*, «Wohlfeile Ausgabe» (1892), Teil: «Gröben und Siethen», Kapitel: «Gröben und Siethen II.», Unterkapitel: «Gräfin Emilie von Schlabrendorft geborne von Ryssel»

b) Band 4: *Spreeland*, 1. Auflage (1882), Teil: «Links der Spree», Kapitel: «Gröben und Siethen», Unterkapitel: «Gräfin Emilie von Schlabrendorft geborne von Ryssel»

c) A11 (1861?)

Johanna von Scharnhorst (1803–1867)

a) Band 4: *Spreeland*, «Wohlfeile Ausgabe» (1892), Teil: «Gröben und Siethen», Kapitel: «Gröben und Siethen II.», Unterkapitel: «Frau Johanna von Scharnhorst, geborne Gräfin von Schlabrendorf»

b) Band 4: *Spreeland*, 1. Auflage (1882), Teil: «Links der Spree», Kapitel: «Groeben und Siethen», Unterkapitel: «Frau Johanna von Scharnhorst, geborne Gräfin von Schlabrendorf»

c) A11 (1864?)

Mathilde von Rohr (1810–1889)

a) –

b) Der Aufsatz ist in den zeitgenössischen *Wanderungen*-Ausgaben nicht erschienen.

c) –

Abbildungen

Die in diesem Band enthaltenen Abbildungen stammen aus folgenden Quellen:

S. 9 Kupferstich (1852), Künstler unbekannt © Bridgman Images/Lebrecht Authors

S. 26 Kupferstich o.J., Künstler unbekannt © akg-images/bilwissedition

S. 35 Porträtgemälde (1737) von Antoine Pesne © Bayerische Schlösserverwaltung, M. Tretter, München

S. 46 Sabinen-Denkmal in Binenwalde von 1843. Es wurde 1945 zerstört. Foto aus: *M. Ludolfs: Sabine. Eine Romanze aus den glücklichen Rheinsberger Tagen des Kronprinzen Friedrich. Berlin und Karwe, Edition Rieger 1993*

S. 67 Aquatinta (um 1787) von Johann Friedrich Bolt © bpk/Kuperstichkabinett, SMB

S. 85 Aquatinta o.J., Künstler unbekannt © bpk/Kupferstichkabinett, SMB/Jörg P. Anders

S. 93 Porträtgemälde o.J., Künstler unbekannt © Kultur-Gutshaus e.V. Köpernitz

S. 133 Foto o.J., Künstler unbekannt © Fontane-Archiv

S. 163 Titelseite der Illustrierten Frauen-Zeitung © Fontane-Archiv

Inhalt

Sollte diese Publikation Links auf Webseiten Dritter enthalten, so übernehmen wir für deren Inhalte keine Haftung, da wir uns diese nicht zu eigen machen, sondern lediglich auf deren Stand zum Zeitpunkt der Erstveröffentlichung verweisen.

MIX
Papier aus verantwortungsvollen Quellen
FSC® C014889

Verlagsgruppe Random House FSC® N001967

Diese Buchausgabe wurde von Andrea Mogwitz in München
aus der Fabiol von Lazydog gesetzt,
von Friedrich Pustet, Regensburg
auf FSC-zertifiziertem Papier gedruckt und gebunden.
Den Umschlag gestaltete das Favoritbüro, München
unter Verwendung eines Motivs von © Bridgeman Images
Printed in Germany 2019
ISBN 978-3-7175-2500-4

www.manesse-verlag.de

Dieses Buch ist auch als E-Book erhältlich.

«Ein sehr guter Weg der Annäherung an Keyserlings Werk sind die gesammelten Erzählungen ... gründlich kommentiert von Horst Lauinger und mit einem Nachwort von Florian Illies.»
Jochen Schimmang, Frankfurter Allgemeine Zeitung

«Eine sehr schöne Gesamtausgabe.»
Antje Weber, Süddeutsche Zeitung

«Opulent.»
Rainer Moritz, Neue Zürcher Zeitung

«Ein Jubiläumsband mit einer kleinen Sensation: Fünf Geschichten erscheinen erstmals in Buchform.»
Kerstin Holzer, Madame

«Eine der schönsten Entdeckungen, die man in seinem Leseleben machen kann.»
Jens Nordalm, Cicero

«Vorbildlich kommentiert.»
Knut Cordsen, Bayern 2, Kulturwelt

«Eines der schönsten Bücher dieses Jahres.»
Dresdner Nachrichten

«Rühmenswert dazu der Anhang ... So fundiert und hilfreich ist Keyserling den Lesern lange nicht ans Herz gelegt worden.»
Klaus Bellin, Neues Deutschland

DIE SCHWABINGER AUSGABE, BAND I

Mit einem Nachwort von Florian Illies
744 Seiten. Leinenband mit Schutzumschlag
ISBN 978-3-7175-2476-2

Hier ist ein Schriftsteller aus der Bel Étage der deutschsprachigen Literatur zu entdecken – ein Stimmungsmagier voller Sinnlichkeit, Grazie und überlegenem Witz. Seine Geschichten sind Glanzstücke vollendeter Beschreibungskunst, Garanten für unbändiges Leseglück. Die in diesem Band versammelten drei Dutzend Erzählungen, darunter fünf noch nie in Buchform erschienene Neuentdeckungen, textkritisch durchgesehen und kommentiert, bezaubern durch die Fülle der Milieus und Motive.

MANESSE

Wenn lesen, dann erlesen.

«Keyserling ist als Erzähler einzigartig: Decádent und Moderner, Existentialist und Erotiker, Seelenforscher und Impressionist mit einer schier unerschöpflichen Farbpalette. In seinen späten Romanen entblößt er die Schwäche der Männer, ihre Sensationen und Bitternisse, und zeigt das Begehren und Aufbegehren der Frauen.»
Daniela Strigl

«Eine spektakuläre Edition.»
Günter Kaindlstorfer, Ö1, Leporello

«Weniger großstädtisch verplaudert als Fontane, weniger steif als Thomas Mann, aber kaum weniger ironisch, lyrisch als Rilke, behauptet er sich neben den Großen mit einem Werk, das feinste Seelenschwingungen vor einer Kulisse endloser nordischer Sommer in delikatem Pianissimo vorspielt.»
Gustav Seibt, Süddeutsche Zeitung

«Man hat es, oder man hat es nicht. Und Keyserling hatte es: *sophistication*; Instinktsicherheit für Geschmack, *bon ton* und *mot juste*.»
Tilman Krause, Die Welt

«In der Kunst der Zurückhaltung, der Aussparung bei gleichzeitiger Überfülle an sinnlichem Detail ist Keyserling so groß wie in seinem Sinn fürs Tragikomische.»
Michael Maar, Die Zeit

«Ein Lektüreereignis!»
Florian Weller, Münchner Feuilleton